中国
神话传说

钱丛 著

江苏凤凰文艺出版社
JIANGSU PHOENIX LITERATURE AND ART PUBLISHING

图书在版编目（CIP）数据

中国神话传说 / 钱丛著 . — 南京 : 江苏凤凰文艺出版社，2021.5（2023.7 重印）
ISBN 978-7-5594-4515-5

Ⅰ. ①中… Ⅱ. ①钱… Ⅲ. ①神话 – 作品集 – 中国
Ⅳ. ①I277.5

中国版本图书馆 CIP 数据核字（2020）第 159332 号

中国神话传说

钱丛 著

责任编辑　白　涵
选题策划　麦书房文化
封面设计　80零·小贾
责任印制　冯宏霞
出版发行　江苏凤凰文艺出版社
　　　　　南京市中央路 165 号，邮编：210009
网　　址　http://www.jswenyi.com
印　　刷　北京利丰雅高长城印刷有限公司
开　　本　880 毫米 × 1230 毫米　1/32
印　　张　5
字　　数　90 千字
版　　次　2021 年 5 月第 1 版
印　　次　2023 年 7 月第 3 次印刷
书　　号　ISBN 978-7-5594-4515-5
定　　价　32.00 元

目　录

盘古开天辟地

传说在遥远的上古时代，世界并非我们现在看到的样子。那个时候，天和地还没有分开，世间万物都连在一起，你中有我，我中有你，整个宇宙混沌一团，就像一个大鸡蛋。我们的祖先是一个叫盘古的巨人，就孕育在这个大鸡蛋里。

盘古就像一个婴儿，在大鸡蛋里呼呼大睡，一天天发育成长。他睡了一万八千年，身体长得很大很大。终于有一天，他睁开眼睛，醒了过来。然而在他眼前出现的，只是一个黑洞洞、黏糊糊的世界，什么都看不见。他使劲揉了揉眼睛，拼命去辨识周围的环境，可还是什么都看不到，混沌的世界让他感到胸口发闷。

面对眼前混沌的世界，他很是懊恼，气呼呼地在四周抓寻，也不知是在哪里找到了一把大斧子。他抓起斧子，朝着眼前的黑暗用力一挥，只听见山崩地裂般的一声巨响——咔嚓！大鸡蛋居然被盘古一下子劈开了！

随后，鸡蛋里那些轻而清的东西慢慢升了起来，变成了天；而那些重而浊的东西，开始慢慢下降，变成了地。就这样，原本混沌一团的世界，被盘古大斧一挥，分出了天和地。

天和地被分开之后，整个世界一下子充满了光明，盘古心里别提多高兴了。可是，他担心天地还会再次合拢，便用头顶着天，脚踏着地，用自己的身体将天地支撑了起来。当天地发生变化的时候，他的身体也跟着一起变化。

天每天升高一丈，地每天增厚一丈，盘古的身体也跟着生长一丈。就这样一天天过去，天已经升得非常高了，地也变得非常厚。我们的祖先盘古呢，这时候变成了一个巨人。他日复一日地站在天地之间，像一根巨大的柱子，不让天地再有合拢的机会。

他孤独地站在那里，不知道又过了多少岁月，直到有一天，他觉得天地已经非常稳固，没有再合到一起的可能，才决定让自己休息一下。于是，盘古垂下托举天空的双臂，想坐到地上。然而，经过这么多年的辛苦支撑，他早已累坏了，在弯下腰的瞬间，轰然倒在了地上。

盘古就这样死了。

盘古死去的时候，他庞大身躯的各个部分都发生了变化：他的左眼变成了太阳，右眼变成了月亮，身躯变成了大地的四极，四肢和头颅变成了五岳名山；他的血液变成了奔腾的江河，筋脉变成了交错的道路，肌肉变成了万顷良田沃土，毛发则变成了一望无际的森林草原；他口中呼出的气变成了风和云，声音变成了轰隆隆的雷声，眼泪变成了天上的繁星，汗水变成了雨露甘霖；最后，就连他的骨骼、牙齿，也都变成了闪亮的金属、坚硬的石头和埋藏在地下的玉石和宝藏……

就这样，盘古在他死去的时候，用自己的身体使这个被他开天辟地诞生的世界充满了生机，变得富饶而美丽。

女娲造人

自从盘古开辟了天地，世界有了山川湖海、花草树木，在阳光的照耀下，天朗气清，一片明媚，再也不是当初混沌一片的景象。

这一天，天上的大神女娲来到我们这个世界，她看到这里山川秀美、江河奔腾、森林茂密、花草丛生，很是美丽。但不知道为什么，她总觉得这个世界缺点什么。当她在这个美丽的世界游走的时候，总是隐隐觉得有些寂寞。

于是，她开始仔细琢磨，想为这个世界再增添一点什么。

思来想去，她终于明白了，这个世界缺少的，原来是活生生的生命呀！有了生命，这个世界才算有了真正的生机。

那么，怎样才能让生命诞生呢？这对于女娲来说并不是什么难事，她可是一位能够创造生命的大神，据说她在一天之中就能够化育七十样东西。

说做就做，女娲开始为这个世界创造生命。正月初一这天，女娲创造了鸡，于是这一天也被称作鸡日；正月初二这天，女娲创造了狗，这一天便被称为狗日；正月初三这天，女娲创造了猪，这一天便是猪日；正月初四这天，女娲创造了羊，这一天便是羊日；正月初五呢，女娲创造了牛，这一天便是牛日；最后，到了正月初六，女娲又创造了马，这一天自然就叫作马日。直到现在，我们说起正月初一到初六，还称它们为“六畜之日”呢。

经过女娲的辛苦努力，世界上有了各种各样的动物，但她还是觉得有些孤寂。这个世界一定还缺点什么，而且是非常重要的东西。究竟是什么呢?

她在这个世界游走着、思索着，寻找问题的答案。她望向高山，高山静默着，回答不了她；她看向江河，江河奔腾着，也回答不了她；她又去问身边的各种鸟兽，鸟兽除了乱喊乱叫，同样给不了她答案。

无奈之下，女娲来到一处湖水旁，在水边坐了下来。这时候，清澈的湖水中出现了一个美丽的身影，女娲定睛一看，那正是自己的影子。女娲冲水中的自己笑了笑，倒影也对自己笑了笑；她又对着湖水招了招手，倒影也对她招了招手……就在这个时候，女娲猛然间明白了——这个世界目前还缺少的，正是像自己一样会说话、会思考、会哭会笑的生命呀！

既然已经找到了答案，那么要用什么来创造这种生命呢？

女娲在湖边寻找着，她看到水边有很多黄泥，便挖出来一块，掺着湖水，仿照着湖水中自己的样子捏成了一个小人儿。女娲仔细端详着这个小巧的人儿，真是越看越好看。随后，她把小人儿放到了地面上。神奇的是，这小东西刚一接触地面，便活了起来，还呱呱地叫着，又蹦又跳。于是，世界上的第一个“人”就这样诞生了！

女娲看到地上活蹦乱跳的小人儿，心里非常高兴，她连忙继续忙活着，不停地挖起黄泥，在手中又揉又捏。很快，一个又一个小人儿在她手中诞生，像一个个孩子围在女娲的身边，不停地跳跃着、奔跑着、欢呼着，女娲不再觉得孤单了。

可是，这个世界是很大很大的，想要这个世界上到处都能够有人类的足迹，就需要创造很多很多的人。女娲不停地忙碌着，揉呀捏呀，一直到夜幕降临，她还想再多创造一些人类。

不过她实在是太累了，便头靠山崖，想休息一下。这时，她看到湖边有一根长长的树藤，便把它抓过来，在泥潭里搅动了一下，然后把裹满泥浆的树藤朝着大地一挥，立刻有无数的泥点飞了出去，在这些泥点溅落的地方，居然也出现了一个个又跳又叫的小人儿，朝着女娲欢呼。

这下省事多了，女娲开始用树藤沾着泥浆，朝着大地不停地挥舞。就这样，不久之后，大地上便布满了人类的踪迹。这些人类呢，虽然个头不大，也不够有力，比不上那些猛兽，但比那些鸟兽更聪明、更有智慧，因为他们都是女娲仿造自己的样子创造的。

女娲看着大地上热闹的人类，心里很是欣慰，她的工作似乎可以结束了。然而，又有一个新的问题闪现在她的脑海：这些人类和其他生命一样，也会有死亡的那一天，这样的话，随着时间的推移，人类不就又从大地上消失了吗？难道自己还要再不停地创造吗？如果真是这样的话，那岂不是太麻烦了？

这时候，她想到了大地上的动物，都是能够自己繁衍后代的，于是，女娲把人类分成了男人和女人，男人和女人结合，就能够创造后代，共同养育自己的孩子。就这样，一代又一代的人类在大地上生存下来，用自己的勤劳和智慧，不断地认识和改造这个世界，生生不息。

共工触山

自从女娲创造了人类，人们便在大地上生存下来，一代代繁衍下去。不过，那时候的人们只能靠打猎为生，而且打来的猎物都是直接生吃的。这样的话，很容易得病，很多人年纪轻轻就死去了。

火神祝融看到了这一切，觉得人类很可怜，就想办法教会了人类使用火。从此以后，人类拥有了火的光明和温暖，而且再也不用过茹毛饮血的日子了，生活质量有了很大的提高。出于对火神祝融的感激，人类尊称他为赤帝，还给他设立了神坛，虔诚地祭拜他。

然而，人类的这个举动惹恼了另一位神仙，他就是水神共工。

共工居住在东海里，他有着人类的面孔、蛇的身子、满头红色的头发，性情凶狠暴躁。他看到人类对火神祝融爱戴有加，心里很不平衡。他认为，水和火都是人类生存所必需的，甚至水比火还重要。为什么人类偏偏对火神那么敬重，对他这个水神却不闻不问？真是岂有此理！

共工的暴脾气上来了，他越想越生气，便决定和火神祝融比试一下，让世人看看到底谁更厉害。于是，他带领着自己的部下，气势汹汹地冲向了祝融居住的光明宫，一定要跟他一决高下。

在共工的手下，不仅有声势浩大的虾兵蟹将，还有两个大帮凶——一个是性情残暴的相柳，他也是人面蛇身，而且长了九个脑袋，浑身青色，最喜欢做的事情就是到处杀戮；另一个是浮游，他也是一副凶神恶煞的样子，干尽了坏事。这两位可以说是共工的得力干将，他们被共工派为先锋，向火神祝融的光明宫发起了第一波攻击。

相柳和浮游调动海水，掀起滔天巨浪，向光明宫席卷而来。光明宫四周燃烧着长年不熄的神火，能够给世间带来光明。经过相柳和浮游的攻击，这些神火全都被扑灭了，整个世界陷入一片黑暗。

火神祝融自然不会袖手旁观，他驾着一条火龙前来迎战。这条火龙全身都是烈火赤焰，但凡它飞过的地方，洪水和阴霾

都会瞬间退去，辽阔的大地又重现光明。

这下彻底惹恼了共工，他命令自己的部下，把江河湖海里的水全都吸了过来，大水漫过了大地，席卷了天空，以排山倒海之势冲向光明宫。光明宫的神火再一次被熄灭，整个世界又一次陷入了黑暗。

看着眼前的一切，祝融并不着急，因为他知道，水终归是要往低处流的。果然，没过多久，大水就退去了，光明宫的神火又一次熊熊燃烧起来。而且这一次祝融还让风神前来帮忙，火借风势，越烧越旺，熊熊烈焰直扑共工的队伍，烧得他们溃不成军。最后，共工抵挡不住祝融的攻势，一路逃回了东海。

逃回大海的共工，以为到了自己的大本营，祝融肯定不敢再来进攻。可是他想错了，祝融来到海边之后，完全没有退却的意思，而是驾着火龙继续追击，火龙所到之处，海水全都乖乖退到了两边，仿佛为他开辟了一条大路。就这样，祝融一直向共工居住的宫殿逼近。

共工无奈，只得出来应战。此时的共工没有了士气，完全不是祝融的对手，他的那些手下也四散逃跑，最后只剩下他一个人在拼命挣扎。

眼看着大势已去，共工无心再战，便转身向远处逃走。他一直跑呀跑呀，不知跑了多远，最后跑到了最西边的不周山。这时候，身后的祝融已经追了过来，共工无路可逃。一时间，共工又羞又恼，觉得没脸见人了，便一头撞向了不周山。只听见天地间传来轰隆一声巨响，高耸入云的不周山竟然被共工撞断了！

这下麻烦大了。这个不周山可不是一般的山，而是一根支撑着天空的大柱子。现在这根柱子断了，半边天空就塌了下来，大地的一角也被碰坏了，地上出现了一条条裂缝和深坑。天地之间又一次陷入了混乱，洪水、猛兽和各种灾难接连出现，整个世界仿佛成了炼狱，人类的生存面临着极大的挑战。

女娲补天

人类诞生之后，开始在大地上一代代繁衍生息，辛勤劳作，生活越来越幸福。女娲看到人间的繁荣景象，感到十分高兴。

然而，水神共工和火神祝融的战争打破了这一切。他们从地下打到天上，又从天上打到地下，直打得天昏地暗。最后，水神共工战败了，恼羞成怒之下，一头撞向了不周山，把这根支撑天空的大柱子撞断了。

随后，西北角的天空塌了下来，天上的火石直往下掉；地上也出现了一条条裂缝和深坑，海水汹涌着冒出来。火石点燃了大片的森林，凶禽猛兽都跑了出来，开始祸害人间。人类的住所和农田被洪水淹没，失去了赖以生存的家园，加上猛兽的不断侵袭，很多人失去了生命。

女娲在天上看到了人类的惨状，非常痛心，毕竟这些都是她亲手创造的孩子呀！她没办法惩罚那个罪恶的捣乱者，但也不能对人间遭受的浩劫坐视不管。于是，她决定再次前往人间，去拯救那里的芸芸众生。

该怎么救他们呢？既然天塌了，那就把天补起来！地裂了，那就把地重新填平！

虽然女娲的意志很坚定，但她要做的每一件事都异常艰难，可谓是惊天动地。面对困难，她并没有退缩，而是立刻行动起来。

首先，她要把天补起来，因为天火还在不断地向下掉。用什么来补呢？她先是找遍了大江大河，捡来无数五彩石，有红、黄、蓝、白、青五种颜色。然后，她用神火熔炼这些石头，直到石头化成五彩的岩浆，最后用岩浆把那些丑陋的窟窿一个个补上。天上的窟窿很多，而且一个比一个大，她不停地忙碌着，一直忙碌了很久很久，才最终把天上的窟窿全都补好。西北方的天空也变成了五彩的颜色，比原来还要美丽。

天上的窟窿虽然补好了，但是由于不周山已经断了，支撑天空的柱子没了，西北的天空倾斜得很厉害。女娲担心天空还会再塌下来，便继续想办法。最后，她在遥远的大海上找到了一只巨大的乌龟。女娲斩下了乌龟的四条腿，支撑在大地的四方，这样人类头顶的天空就像是帐篷一样被撑了起来，再也没有坍塌的危险。

天上的险情算是解决了，地上的灾害还在继续呢！女娲不敢耽搁，立即开始了在大地上的营救。她先是把森林里的大火扑灭，然后驱赶那些到处为非作歹的野兽。在这些野兽中，有一条来自深海的黑龙最为凶残。女娲勇敢地与黑龙搏斗，并最终杀死了它。其他的猛兽见状，都乖乖地返回山林，人类终于摆脱了它们的侵袭。

事情都解决了吗？还没有呢！大地上的裂缝还没填上，洪水还在肆虐！女娲还要继续忙碌。她找来大片大片的芦草，把它们烧成灰，然后用这些灰烬堵住地上的裂缝，阻止了滔天的洪水。

就这样，经过女娲无数个日夜的努力，人间的灾难彻底解决了，人类因此世世代代都在怀念和感恩女娲的功绩。

不过，灾难虽然平息了，但还是给我们的世界带来了难以消除的影响。比如说，我们头顶的天空始终有点向西北倾斜，太阳、月亮、星星总是向西方运转；大地呢，由于向东南方向开裂和塌陷，几乎所有的江河都向东方流淌。一直到现在，世界还是这个样子。

羿射九日

传说，在很久很久以前，天上有十个太阳，他们都是天帝的儿子，居住在遥远的东海。在那里有一棵巨大的树，有几千丈高，一千多围粗，名叫扶桑。在扶桑树的下面，有一个温泉谷，那里的海水就像滚汤一样炽热、沸腾，因为十个太阳就居住在这里。

每天早上，都会有一个太阳在温泉谷里洗完澡之后，骑着一只三条腿的乌鸦飞向天空，把光和热洒向人间；剩下的九个太阳则继续留在温泉谷。等到第二天的时候，再换另一个太阳去往天空，如此循环。

在大地上的人们看来，每天东升西落的都是同一个太阳。实际上呢，竟然是十个太阳在轮流值班！不过也难怪，太阳十兄弟长得一模一样，当他们轮流在天上出现的时候，人们发现不了他们之间的区别也是很正常的事情。

可是有一天，这种情况发生了改变。太阳十兄弟之中的一个突然对这种按部就班的生活产生了厌烦，他对其他几个兄弟说：“为什么每天都只能有一个人去值守呢？一个人在天上实在太没意思了！各位兄弟，难道我们就不能一起去天上玩一玩吗？大家在一起才热闹呀！”

其他几个兄弟一听，都动心了，纷纷表示赞同。于是，在某一天早上，当人们像往常一样走出家门的时候，突然发现天空异常明亮——天哪，天上居然出现了十个太阳！

这下可不得了了！要知道，当天上只有一个太阳的时候，散发的光和热就足够大地上的万物生灵使用了；如果十个太阳一起出现在天上，大地和万物就要遭殃了！

转眼之间，河流干涸了，草木枯萎了，庄稼被烤焦了，连大海都快要沸腾了。高温使森林燃起了熊熊大火，那些原本藏在山林里的妖魔猛兽全都跑了出来。人们不得不躲进山洞里、阴影处，否则会被炙热的烈日活活烤死。

太阳十兄弟在天上你追我赶，尽情地嬉戏玩耍，他们看见大地被照得亮亮堂堂的，还以为干了一件多么值得炫耀的事情呢。实际上，大地上的所有生灵，都对他们憎恨到了极点。

这件事情很快传到了天帝那里，天帝也觉得自己的儿子们太胡闹了，于是派出天兵前去通知太阳兄弟，让他们赶紧回到温泉谷，继续按照之前的规定轮流到天上值守。可是他这十个儿子，一个比一个任性，谁都没把传话的天兵放在眼里，反而玩得更疯了。

天帝这下被气坏了，觉得应该给儿子们一点教训才行。于是，他叫来了后羿，让他去人间除掉那些妖魔和猛兽，顺便也吓唬一下自己的儿子们，让他们乖乖听话，不要再胡闹了。

天帝为什么要选择后羿呢？因为后羿不是一般人，他是一个箭法高明的天神，左臂天生比右臂长一些，这使得他天生就是一个无人能敌的神箭手。

后羿离开天庭的时候，天帝专门赐给他一张红色的弓，还有一袋白色的箭。它们看起来倒不怎么起眼，但全都是神弓神箭，无论多么厉害的妖魔，都会被这些神箭一击毙命。天帝当然知道这些神箭的威力，所以在后羿离开的时候专门叮嘱他，对自己的孩子要手下留情，吓唬一下他们就行了。

后羿带着他的妻子嫦娥，一起来到了人间。他看到人间已经如同炼狱，躲在阴影处的人们，有的已经被炙烤得死去，有的已经骨瘦如柴、奄奄一息，很是悲愤，决定尽快消除人间的苦难，而苦难的根源就是天上的十个太阳。

后羿先是向天上的太阳兄弟喊话，让他们看一看人间的惨状，体谅一下百姓的痛苦，再继续折腾下去，世界就要毁灭了。

可是天上的太阳呢，任凭后羿苦口婆心地劝说，依旧无动于衷。后羿只得取出神弓神箭，瞄准他们说："我是奉天帝的旨意行事，你们要是再不听劝告，我可就不客气了！"

太阳们一听，反而更神气了，他们冲后羿喊道："我们可是天帝的儿子，你胆敢射我们？你不过就是一个小小的弓箭手，借你个胆子你也不敢！"说完，几个兄弟哈哈大笑起来，然后一个个耀武扬威地散发出了更多的热量。大地像是被点着了一样，又有更多的人在这种炙烤下死去。

看到无辜百姓的惨状，又看着太阳兄弟们的嚣张，后羿被彻底激怒了。管他什么天帝的儿子，今天就是要为民除害！后羿迅速而果断地搭弓射箭，只听见嗖的一声，一支神箭直奔天空飞去。紧跟着，天上传来砰的一声巨响，一个太阳被射中了，爆裂开来，流火乱飞，坠落到大海里消失了。

天上少了一个太阳，大地上便立刻多了一份凉意。人们都兴奋地欢呼起来，高声为后羿喝彩。

后羿继续搭弓射箭，向天空射击。只见一支支神箭犹如白色的闪电，从弓弦上迸射而出，带着后羿满腔的怒火，冲向天上的一个个太阳。天上接连传来"砰砰砰"的巨响，太阳一个接一个地被射落了，后羿一共射掉了九个太阳。

虽然后羿觉得这些太阳非常顽劣，不思悔改，但他也知道，世间万物的生长是离不开太阳的，所以留下了一个太阳。

当天上只剩下一个太阳，人间又恢复了往常的温度，躲藏在各个地方的人们便跑了出来，他们为后羿欢呼，称颂他的功劳，把他当作拯救世界的英雄。

而剩下的这个太阳呢，早就被后羿的神力吓傻，再也不敢胡作非为了，每天老老实实地从东方升起，到西方降落。一直到现在，太阳还是这个样子。

嫦娥奔月

后羿射掉九个太阳之后，人间终于恢复了正常，百姓都感谢他的功德。但是，有一个人非常不高兴，那便是天帝。

要知道，那十个太阳是天帝的十个儿子，虽然他们胡作非为，把人间祸害成了炼狱，但天帝还是舍不得伤害自己的儿子，更不要说杀死他们了。天帝派后羿去人间，也只是想让他吓唬一下自己的儿子，谁承想，后羿竟然一下子射杀了他九个儿子。因此，天帝对后羿记恨在心，根本不管他为百姓做了多大贡献，将他贬为凡人，再也不能返回天庭。

后羿受罚，也连累了他的妻子嫦娥，她跟他一样，也成了凡人，从此只能留在人间。嫦娥对后羿很是不满，经常抱怨说：“你真不该那么鲁莽，杀了天帝的儿子，害得我们现在都成了凡人。要知道，凡人是会死的，死了之后就要到地下的幽都去，跟那些鬼魂待在一起，过着暗无天日的生活。你想想看，这是一件多么可怕的事情呀！”

“你现在抱怨又有什么用呢？”后羿说，“我也不想到幽都去，可是又能有什么办法呢？”

嫦娥想了想，说：“我听说在西方的昆仑山上，有一个神人，叫西王母，她那里有一种灵药，吃了可以长生不老。你如果能去求一些灵药回来，我们就不用再担心了。”

后羿一听，非常高兴，当即决定前往昆仑山拜访西王母。

第二天一早，后羿便打点好行装，带上干粮，背上弓箭，骑上白马出发了。

昆仑山，在遥远的西方，一般人很难到达那里。据说，在昆仑山下方有一处深渊，深渊里全是弱水，任何船只都没办法在上面漂浮。哪怕是一根羽毛落到上面，都会沉下去。在弱水的外面，还围着一圈炎火之山，山上长年燃烧着熊熊烈焰，无论什么东西碰到它，都会瞬间化为灰烬。因此，尽管很多人都听说昆仑山的西王母有不死灵药，却没有一个人到达过那里。

不过，这些障碍对于后羿来说，都算不上什么。后羿依靠自己剩余的神力和不屈的意志，最终通过了这水与火的包围，继续向昆仑山山顶进发。

据说，昆仑山山顶距地面一万一千里，普通人是根本不可能爬上去的。就算是后羿，也历经了千辛万苦。最后，他终于站到了昆仑山的山顶，见到了他所寻访的神人——西王母。

西王母是掌管人间瘟疫和刑罚的怪神，长着豹子的尾巴、老虎的牙齿，头发蓬乱，戴着发饰。她住在山顶的岩洞里，有三只青鸟每天轮流为她寻找食物，这三只青鸟都长着青身子、红脑袋、黑眼睛，力气很大，身形也很大，非常擅长飞行。

后羿把自己的来意告诉了西王母。西王母早就听说了这位造福人类的英雄，非常同情他的遭遇，便吩咐身边的神鸟从岩洞深处衔来了一只葫芦，葫芦里装着的正是后羿所要的不死灵药。

这种灵药是怎么来的呢？

据说，昆仑山上有一棵不死树，不死树会结出不死果，西王母的这种灵药就是用不死果炼制而成的。不死树三千年才开一次花，六千年才结一次果，而且每次结的果子都非常少，可见这种灵药是多么珍贵。

西王母郑重地把装着灵药的葫芦给了后羿，并对他说："别看这药所剩不多，但足够让你们夫妇二人长生不老了。如果只给一个人吃，升天成仙都是有可能的。你一定要好好保藏。"

后羿小心翼翼地接过葫芦，谢过西王母，高高兴兴地回到家里。他把灵药交给妻子嫦娥保管，准备挑选一个好日子，两个人一起吃。

后羿对现在的境况非常满意，不想再上天做什么神仙，在他看来，天上的生活并不比人间好。现在，他们有了不死灵药，可以一心一意地在人间好好生活，不用再担心会下到地狱去，这样他也心满意足了。

可是，他的妻子嫦娥不这样想。她原本是天上的女神，那么光彩照人，如今因为受到丈夫的牵连，才落到这般田地。因此，当得知如果一个人吃下全部的灵药就可以升天成仙的时候，她顿时动心了。她思来想去，觉得是丈夫先亏欠自己的，现在自己自私一点，吃下他那一份灵药，也不算亏负于他。

于是，嫦娥暗暗下定了决心，在后羿不在家的一个晚上，偷偷取出葫芦里的灵药，全吃下去了。

神奇的事情果然发生了。嫦娥吃下灵药后，觉得自己的身体越来越轻盈，双脚慢慢离开地面，整个人从窗口飘了出来。

外面是深蓝色的夜空，远处是幽深的旷野。高高的天上，挂着一轮皎洁的明月，明月周围围绕着一些金色的星星。嫦娥就这样越飘越高，地上的人们很快就看不见她了。

现在，成仙的愿望已经实现了，可是自己又该去往哪里呢？嫦娥思索着。如果再回到天庭，一定会被众神耻笑，说她背弃了自己的丈夫。

这时候，她刚好看到了天上那轮明亮的圆月，心想：“不如就去月宫吧，先去那里暂时躲一下，这样比较稳妥。”于是，

她调整方向，飞向了月宫。

那晚，后羿从外面回到家，见妻子不见了，桌子上只剩下那只空空如也的葫芦，一下子就明白了这怎么回事。

顿时，无尽的失望、愤怒和悲哀一齐涌上他的心头。他怔怔地望着窗外，看着明月皎洁、星辉灿烂的夜空，还是有点难以相信，曾经与他朝夕相处的妻子就这样背弃了他，去过自己的神仙日子。

不过，嫦娥的日子并没有那么逍遥。

她来到月宫之后才发现，这里竟然那么冷清。除了一只白兔、一只蟾蜍、一棵桂树，整个月宫再也没有别的东西了。直到许多年之后，才又来了一个犯了过错被罚到月宫里砍桂树的吴刚。吴刚每天不停地砍着那棵五百丈高的桂树，但那棵桂树能够自动愈合刀口，所以他只能一直砍树，树却一直不倒。这些当然都是后面的故事了。

初到月宫的嫦娥看到月宫这样的景象，心灰意冷。但既然已经来了，也只好先安顿下来再说。日子一天天过去，她只觉得越来越寂寞，开始想念在人间的生活，想念丈夫对自己的照顾。她想，如果当初自己不那么自私，两个人把灵药分着吃了，相伴生活在人世间，不比现在一个人冷冷清清地在月宫里做神仙好得多？

她越想越后悔，想回到人间向丈夫承认自己的错误，请求丈夫的原谅。可是，世上虽有不死灵药，却没有后悔药。这大概也是上天对她的惩罚，她只能住在那冷清的月宫，再也出不来了。

夸父逐日

在遥远的古时候，北方大地上有一座叫成都载天的大山，山上居住着一个古老的部族，他们全都是巨人，有着巍峨的身躯、惊人的力量和勇敢的性格。据说，这个巨人族是大神后土的后代，部族的首领名叫夸父。

夸父是整个部族身形最高的巨人，他坐在地上的时候，就像是一座山；如果他站起来，那就比山还要高，脑袋都快顶到天了。他的两条腿也很长，抬起脚就能越过一座高山，迈开步就能跨过一条大河。如果他奔跑起来，就连世界上飞得最快的鸟也追不上他。

那个时候，世界还很不安宁，充满灾祸，到处都有毒蛇猛兽。本领高强的夸父便把大家组织起来，一起跟这些灾祸和猛兽斗争。他亲自斩杀了一群凶残的黄蛇，并把两条蛇挂到自己的耳朵上作为装饰，手里还握着两条。其他的猛兽看到他，无不吓得退避三舍。整个部族在他的带领下，生活越来越安宁、幸福。

一天傍晚，夸父望着西沉的太阳，陷入了沉思。他早就知道，太阳每天都会从东方升起，到西方落下，然后是漫长的黑夜，直到第二天早上才重新在东方出现。由此，他便想道："夜幕降临时，太阳去哪里了呢？我能不能把他一直留在天上呢？我不喜欢黑暗，我喜欢光明！我要追上太阳，把他抓住，让他永远留在天上。这样，大地上将永远充满光明和温暖，人们就再也不用害怕黑暗和寒冷了！"

夸父是一个敢想敢做的人。第二天一早，当太阳在东方刚刚透出第一缕光芒的时候，夸父便迈开了大步，飞快地向太阳奔去。虽然夸父的速度很快，但是太阳在天上运行的速度也很快。转眼间，太阳已经越过了山头，再一转眼，太阳已经升到了半空。夸父并没有放弃，而是紧跟着太阳，不停地向他追去。辽阔的大地上，留下了一行行追逐的足迹，几千里的距离都被夸父抛在了身后。

随着时间的推移，夸父越跑越远，他离太阳也越来越近。最后，他追到了一个叫虞渊的地方，太阳每天就是在这里下沉的。

太阳已经近在咫尺，只要夸父再向前跨出几步，就能把太阳揽在手中了！此刻的夸父，周身都笼罩在无限的光明之中，他的目标就快达到了，心中充满了欣喜和兴奋。

而此刻的太阳呢，他就是被后羿射杀了九个兄弟之后剩下的最后一个，如今穷追不舍的夸父不禁让他想起当初的后羿，他的心中充满了恐惧。当夸父伸手想要抓住他的时候，他便猛然间释放出万丈火龙，把夸父团团围住，拼命炙烤他。只用了一瞬间的工夫，夸父身上的水分便被烤干了，身上都要冒烟了。情急之下，夸父拼尽全力，才算挣脱火龙的束缚，逃离了太阳的魔爪。

此时，他只觉得筋疲力尽，口渴难耐。要知道，此刻他身上几乎连一滴水都没有了。他一头扎到黄河里，大口大口地喝起水来，波涛滚滚的黄河水，一下子就被他喝干了。他又转身去喝渭河里的水，结果渭河水也一下子被他喝光了。可他还是觉得口渴得要命，身上像是有一团火在燃烧。

这个时候，他想起北方有一个叫大泽的大湖，纵横千里，那里的水一定够自己喝了。于是，他转身向北，去寻找大泽。

可是，他还未到大泽，便忍受不了劳累和饥渴，再也迈不动脚步了。他就像是一座大山，轰然倒了下来，发出山崩地裂般的巨响。这位一路追逐太阳的巨人，就这样倒在了他深爱的土地上。

此时的太阳，正在向虞渊深处滑落，把最后几缕金色的夕阳洒在夸父的脸上。夸父充满遗憾地望了一眼西落的太阳，长叹一声后，永远地闭上了眼睛。

第二天早上，当太阳又一次从东方升起的时候，在夸父倒下的那个地方，已经不见了夸父的身影。原来，他死后变成了一座绵延千里的高山，就是夸父山；他拄过的手杖则变成了一片枝繁叶茂、鲜果累累的桃林。这些桃子一个个又大又甜，汁水饱满，长途奔波的人只需吃上一个，便会立刻消解疲劳，充满精神。

那一片桃林，正是英雄夸父对后人的祝福，他在祝福每一个追寻光明、奋斗不止的人。

人文始祖伏羲

传说很久很久以前，在我国遥远的西北方，有一个神奇的国家，叫华胥国。那里风景秀美，气候宜人，非常适合人类生存。这个国家没有国王，也没有首领，大家都按照自己喜欢的方式生活，没有什么欲望和不良嗜好。因此，那里的人都觉得生活非常美满幸福，寿命也非常长。

除了这些，这个国家还有一些非常神奇的地方。比如说，这个国家的人呀，想去哪里就能去哪里。想去空中，就能在天上自在地行走，就像走在平地上一样；想去水里，就能在江河里来去自由，跟那些鱼类一样；哪怕他们想去火里，也能够在大火中穿行，完全不用担心火焰会灼伤自己。所以呀，你可以想象得到，这个国家的人们从来不知道什么是害怕，也没有什么忧愁，每天都过着神仙般无忧无虑的日子。

这样的日子不知道过了多久，突然有一天，天上的雷神对华胥国有了兴趣，他从天庭搬到了华胥国的一条大河里，在那里住了下来。

雷神在河里住下之后，就给那条河改了名字，叫作雷河。顺着雷河往上游去，有一个巨大的湖泊，雷神称它为雷泽。从此，雷河和雷泽就成了雷神的地盘。

自从雷神降临，华胥国的人们便遭了殃。由于雷神的脾气很差，雷河也变得和他一样喜怒无常。往往前一刻还风平浪静，下一刻就波涛翻滚，像是脱缰的野马横冲直撞，破坏了华胥国大片大片的土地和房屋。每到这个时候，人们就会说："这是雷神发怒了！"

时间长了，百姓都苦不堪言，大家都希望有人能劝劝雷神，让他回到天上去，别再待在人间了。可是，雷神的脾气这么坏，谁又敢去劝他呢？

在雷河岸边，生活着一个美丽的姑娘，人们都叫她华胥姑娘。和其他人一样，华胥姑娘原本也过着无忧无虑的生活。可是自从雷神来了，她眼睁睁地看着自己的家园遭到无情的摧残，觉得非常心痛。于是，她下定决心，一定要想办法让雷神离开这里，让遭受不幸的人们重新过上幸福的生活。

这天早上，华胥姑娘背着父母和乡亲独自一人出发了。她沿着雷河一直往上游走，不知道走了多久，最后来到一个一望无际的大湖前，这里就是雷泽。

她大声呼唤雷神，请他出来见面。被惊动的雷神很是生气，咆哮着从水底冲出，湖水都翻腾起来。勇敢的华胥姑娘面对气势汹汹的雷神，竟然面不改色。

“你是谁？竟敢闯到我的神居来！”雷神怒气冲冲地说。

“我只是一个普通人。”华胥姑娘说，“我来这里，只是想劝你回到天上去。难道你没有看到，你的到来给这里的百姓带来了多大的灾难吗？”

雷神看着眼前这个像花儿一样柔弱而美丽的姑娘，一下子被她震住了。他不是害怕她，而是打心底里佩服她的勇气，为她的美丽所倾倒。

于是，雷神收起了脸上的怒气，对华胥姑娘说：“我可以听你的，离开这里，回到天上去。但是我有一个条件，你必须跟我一起走！”

想到牺牲自己一个人，可以换来整个华胥国的太平，华胥姑娘没有犹豫，当即就答应了。

本以为雷神会直接把自己掳走，华胥姑娘已经做好了最坏的打算。然而，一道电光闪过，面前的雷神竟突然消失不见了，湖边的沼泽地上只留下了一个巨大的脚印。

“这是雷神的脚印吗？”华胥姑娘心想，“既然我答应了要跟他走，那我就顺着他脚印的方向往前走吧！”于是，她双脚踩在那个大脚印上。

这一踩不要紧，只听见轰隆一声，一道金光从天而降，犹如一道电流击中了华胥姑娘，她一下子晕了过去。

等她醒过来之后，人们告诉她，雷神已经离开了，无论雷河还是雷泽，都恢复了往日的平静，人们又重新过上安宁的生活。

令华胥姑娘没有想到的是，她竟然怀孕了，而且整整怀胎十二年，才生下肚子里的孩子，这个孩子被取名为伏羲。人们都说，伏羲就是雷神的儿子。

伏羲从一生下来，就跟普通人不一样。据说，他长得跟雷神很像，天生神力。不过，他的性格跟他的母亲一样，善良、聪明而勇敢。

伏羲一天天长大，他凭借自己的聪明才智，为人们做出了很多贡献。他通过模仿自然界中的蜘蛛网，制成了渔网，教会人们捕鱼打猎；他通过观察天地阴阳变化，创造了八卦，用这种简单的符号概括天地之间的万事万物；他教会了人们使用火，从此再也不用吃生冷的食物了；他还创造了文字，来替代当时使用的结绳记事，让人类文明有了巨大的提升；他还创造了中华民族的伟大图腾——龙，我们被称作“龙的传人”就是由此而来的。

你看，伟大的伏羲做出了多少贡献呀，每一项都极大地改变了人们的生活，直到今天，我们仍被他卓越的智慧深刻地影响着。因此，伏羲被我们中华民族尊称为人文始祖。

炎帝尝百草

我们都称自己为炎黄子孙，“炎黄”是什么意思呢？“炎”就是炎帝，“黄”呢，则是黄帝。炎帝和黄帝，都是中国上古时代的英雄和领袖。现在，我们就先来听一听炎帝的故事吧。

传说，炎帝的母亲名叫女登，是一个美丽而聪明的姑娘。这一天，女登在一条叫姜水的大河边游玩，突然看到天空中有金光闪烁。原来那里有一条巨龙，正在云层之中翻腾，很是壮观。女登还想再仔细看一看，那条巨龙却突然不见了，天空又恢复了往常的平静。

女登回到家之后，感到身体有些异样，结果发现自己怀孕了。

一年零八个月之后，女登生下了一个男孩，这个男孩就是后来的炎帝。炎帝从一出生，就带着很多非同寻常的色彩。首先，他的样子就很奇特。他长着人的身子，却有牛的脑袋，头上长着两只长长的角。而且他全身的皮肤都是透明的，五脏六腑都能看得清清楚楚。另外，自打炎帝降生，他所在的那个村子的村口，就有九眼泉水从一处石窟的缝隙里突然涌出，相互连通，异常甘甜。

因此，大家都觉得，这个孩子不一般，像是天神下凡。

炎帝出生三天后就会说话，五天就会走路，七天就长出了牙齿。他的母亲经常带着他，跟族人一起去山林里狩猎，去野外采摘果实。他饿了的时候，就会有仙鹿来哺乳他；下雨的时候，就会有神鹰飞过来用翅膀为他遮雨。就这样，他一天天长大成人，身材高大，差不多有三米高。

炎帝不仅身材魁梧，还非常聪明，有着过人的智慧。他从小就非常喜欢帮助别人，周围人不论遇到什么困难，都先去请教他。他呢，往往有求必应，教给了人们很多生存的技能。比如，他发现随着人口数量的增加，食物越来越短缺，就教会人们播种谷物，人们得以有了足够的食物。后来，他又教会人们把手头多余的东西互相交换，各取所需，形成了早期的交易集市。

就这样，炎帝在人们心中的威信越来越高，他先是被人们推举为部落的首领，后来又由于做出了突出的贡献，被尊称为

“神农氏”和“商神”。

更为可贵的是，炎帝并没有在人们的称颂之中自我陶醉，而是不断地去发现和解决人间的疾苦。

那时，人类社会还处在比较原始的状态，人们生了病，不要说去看医生，连治病的药都没有。人们一旦生了病，就只能靠自己挺过去。很多人都是因为生了病没挺过去，年纪轻轻就死了。

炎帝一直在寻找解决的办法。有一天，他突然想：“大地上有这么多草木，很多都带有一定的药性，如果我能够分辨出它们各自的功效，不就能够用来给人们治病了吗？”

想到这里，他当即决定亲自去寻找和辨别能够治病的药草。他带着一群人离开了家园，向着植物种类丰富的大山深处走去。

他们走了整整七七四十九天，走得脚都破了，腿都肿了，终于来到一个地方。这里群山连绵，峡谷交错，山上长满了各种各样的树木和花草。炎帝觉得，这里应该就是他们寻找药草的理想之地了。

果然，没过多久，炎帝便闻到了一股奇异的花草香气，他顺着香味寻找，来到一座大山脚下，香气就是从山顶飘下来的。可是，这座山实在是太高了，而且全是悬崖峭壁，像一面面巨大的利刃直插入云霄。所有人都觉得，想要爬上山顶，简直比登天还难。大家劝炎帝放弃，但炎帝坚决不同意，他说：“我们

费尽千辛万苦来到这里，现在希望就在眼前了，哪能轻易放弃呢！”

既然硬爬没办法爬，炎帝便围着这座大山仔细观察，寻找上山的办法。终于，功夫不负有心人，他还真的想到了一个主意！

炎帝看到在山崖上奔跑跳跃的几只金丝猴，于是从它们那里得到了启示。悬挂在山崖上的古藤和横在藤条之间的朽木就像是一架梯子，那些猴子可以顺着它们自如地爬来爬去。于是炎帝想到，他们也可以在山崖上搭起这样的“梯子”，然后一步步爬到山顶。

他当即吩咐大家，砍来木头，割来藤条，紧贴着山崖一层一层地向上搭架子。这可不是一件容易的事，一天下来，他们也就只能搭一层架子。就这样，他们从春天搭到夏天，又从夏天搭到秋天，无论风霜雨雪，从未停止。他们整整搭了一年的时间，架子搭了足足三百六十层，终于搭到了山顶。

炎帝带领大家来到山顶，果然看到山上长满奇花异草，五颜六色，不计其数，炎帝高兴极了！他让众人细心地采集花草，他则一一品尝，哪种草是苦的，哪种草是甜的，哪种能充饥，哪种能治病，药效又分别是什么，他全都一一记录下来。

有一次，炎帝看到了一株缠绕在树上的小草，开着小黄花，叶片还会一伸一缩，很是奇特，便摘下一枚叶片放到嘴里。

结果，那叶片刚一入口，他便觉得天旋地转，一头倒在了地上。人们连忙扶起他，此时炎帝已经不能说话了，但他很清楚自己这是又一次中了毒，而且是致命的剧毒！

正当人们手足无措的时候，炎帝拼命抬起手，用最后一丝力气指了指前方一棵红色的草，又指了指自己的嘴巴。大家立刻明白了他的意思，迅速把那棵草摘了下来，喂到炎帝嘴里。

奇迹发生了。炎帝吃了这棵草之后，体内的毒素慢慢消解了，身体恢复了正常，也能说话了。随后，炎帝赶紧标注刚才让自己中毒的那株植物，记录下它的外形和毒性，警示人们千万不可食用，并给它取名为断肠草。而那棵红色的草呢，就是灵芝草。此后，人们提到灵芝草，都说有起死回生的功效。

当炎帝尝遍了山上的百草，准备下山回去的时候，他们发现上山时搭的那些木架全都不见了。原来，由于炎帝尝遍百草，用了太久的时间，那些木架已经落到了地上，而且在阳光和雨水的滋润下，长成了一片茂密的树林，从山上到山下，形成了一片林海。后来的人们为了纪念炎帝在这里的功绩，就给这片林海取名为神农架。

之后，炎帝不顾危险，继续奔波，尝遍了天下的花花草草，脚步踏遍神州大地。据说，被他尝过的花草，足足有三十九万八千种！他这种执着而无畏的精神，连天上的天帝都被感动了。天帝赐给炎帝一根神奇的赭鞭，无论什么花草，只要用这根赭鞭碰一下，便可知晓它的药性和功效。有了这根神鞭，炎帝的工作就变得方便多了。

除了尝遍百草，炎帝还率领百姓战胜饥荒、疾病，使人民脱离饥寒交迫、患病无医无药、颠沛流离的日子。因此，直到今天，全世界的中国人都称自己是炎黄子孙。

精卫填海

传说炎帝有一个小女儿，名叫女娃。女娃是一个美丽、聪明又勇敢的姑娘，深得炎帝的宠爱。

炎帝为了解决人间的各种困难、疾苦，每天非常忙碌，根本没有什么时间陪伴家人。女娃是一个懂事的孩子，她理解父亲的辛劳，从不过多打扰他。当炎帝不能陪她的时候，她就一个人去玩。女娃经常穿着一双红色的小鞋子跑到田野里，追逐小鸟和蝴蝶，把五颜六色的鲜花插在头上，将自己打扮得就像一个小仙子。

要说她最喜欢做的，当数去东海边看日出了。女娃经常早早起床，独自来到东海岸边，静静等着太阳从东方升起。很快，巨大的太阳犹如一个熊熊燃烧的火球，从茫茫大海的尽头喷薄而出，沿着海面射来万道霞光，壮观极了。

女娃非常喜欢这样的景象，她已经来海边看了很多次日出。她为什么喜欢看日出呢？因为她喜欢太阳。是太阳把光明和温暖洒向了人间，正因为有了太阳，万物才能生长，鸟兽才能在大地上欢腾。

女娃听父亲讲过，太阳的故乡在东海一个叫归墟的地方，太阳每天都从那里升起。女娃一直有个愿望，想去太阳的故乡看看，那里一定充满光明和温暖。但父亲告诫她，归墟非常遥远，而且非常炎热，一般人根本无法承受。然而，这些话根本打消不了女娃心中的好奇，她还是非常想去。

一个风平浪静的清晨，女娃又一次来到海边。大海像镜面一样平滑、安稳，太阳缓缓升起时，海面上映出流光溢彩的朝霞。女娃望着眼前美丽的画面，深深地陶醉了。她忍不住跳到水里，欢快地向着朝阳游去。她知道太阳升起的地方离这里很远很远，但是哪怕自己能够离它近一点，去那片霞光里待上一会儿，也是一件幸福的事。就这样，她不停地游呀游呀，身后的海岸越来越远。

不知不觉间，女娃已经来到了大海的深处。就在这时，大海突然变了样子。原本湛蓝的海水变成了暗黑色，原本平静的海面涌起巨大的浪涛，波浪愤怒地翻滚着。狂风卷积着乌云，夹带着闪电和雷鸣，怒吼着冲了过来。女娃被眼前的这一幕吓坏了，她赶紧转过身，向着岸边拼命游去。可是，弱小的她哪里是宽广的大海的对手，一个巨大的浪头打来，就将她吞没了，女娃被海浪卷到了深深的海底。

女娃去世之后，从她沉入海底的地方，冲出了一只小鸟。这只鸟长着白色的嘴壳、红色的脚爪，头上顶着漂亮的花羽冠。它鸣叫的时候，会发出“精卫、精卫”的声音，时间长了，人们便叫它精卫鸟。

人们都说，这只精卫鸟就是女娃的化身。不信你看，它红色的脚爪就是她平时穿的红鞋子，它头上的花羽冠就是她插在头上的五彩的鲜花。

是的，这只小鸟就是女娃的化身，从诞生的那刻起，就对凶恶的大海无比憎恨。它知道，正是这波涛汹涌的大海埋葬了自己，让自己再也无法回到温暖的家，再也不能在田野间自在地奔跑、玩耍。未来的日子里，一定还会有更多的人和它一样，被大海吞没、埋葬。于是，它决定填平那可恶的大海，让它永远不能再兴风作浪！

精卫鸟每天一早就衔着一块石子或者一根树枝，离开居住的发鸠（jiū）山，飞到东海上空，把它们投到海里。

大海依旧波涛汹涌，那些石子和树枝一落下去，就立刻被吞没了，甚至连一点声响都没有发出。

但是精卫鸟并不气馁，它飞回山上，继续衔来石子和树枝，

一次又一次地投到大海里。

大海咆哮着，一次次想要把精卫鸟淹没，精卫鸟拼尽全力穿行于风浪之间，哪怕翅膀上的羽毛被折断了也在所不惜。它一刻不停地忙碌着，从清晨一直到夜幕降临，从烈日炎炎一直到冰雪漫天，一年又一年，毅然决然地坚持着，一天都没有停歇，把无数的石子和树枝投进大海。

大海被精卫鸟惹怒了，咆哮道："你为什么这么恨我呢？"

"因为你夺去了我的生命，将来你还会夺去更多无辜的生命，我一定要填平你！"

大海发出了一声冷笑，掀起山峰一样高的巨浪，冲精卫鸟怒吼道："小鸟，别自不量力了！你看看你，那么渺小，而我却无边无际，就算再过一百万年，你也休想把我填平！"

"那我就用一千万年、一万万年，不管花多长时间，我都要把你填平！"

精卫鸟死死地盯着狂暴的大海，坚定地宣告着自己的决心。在庞大的大海面前，它是那么渺小，可它没有流露出一丝一毫的畏惧。

随后，精卫鸟返回发鸠山，继续衔起石子和树枝，投到大海里。一天天过去了，一年年过去了，精卫鸟果然像它宣告的那样，从来没有停止过。直到现在，那只叫作精卫的鸟，还在衔木石以填沧海。

黄帝战蚩尤

在炎帝出现一段时间之后，神州大地上又诞生了一位伟大的英雄首领，他的名字叫轩辕氏。

轩辕氏带领着族人辛勤劳作，教会了人们缝制衣服、制作舟车，还确定了音律，创立了医学，为百姓做出了巨大的贡献。后来，他统一了天下，成为华夏的首领。大家觉得，轩辕氏的功绩之大，只有生长万物的大地可以和他相提并论，而土地的颜色是黄色的，华夏的子孙又都是黄皮肤，于是，人们便尊称他为黄帝。

在黄帝一统天下之前，南方有个叫蚩尤的首领，带着他的族人向黄帝挑起了一场大战。

说起这个蚩尤，他还是炎帝的后裔呢。不过他跟炎帝可不一样，他生性好战，长相也非常凶恶怪异。据说，他一半像人，一半像兽，头上长着尖利的长角，而且有四只眼睛、六条手臂，脚倒是只有两只，但像是巨大的牛蹄子。这样的相貌，想想都觉得很吓人！蚩尤不光长得怪，吃的东西也很怪，像石头啦、沙子啦，甚至铁块，他都吃得津津有味。试想一下，以这些东西为饭菜的人，身体该是多么结实呀！

据说，蚩尤还有八十一个兄弟，都跟他一样，个个铜头铁臂，勇猛无比，他们还擅长制造各种锋利的兵器，在战场上可谓所向无敌。因此，整个南方的大片地区，都在蚩尤的统治之下。不少山林水泽中的妖魔鬼怪、魑魅魍魉(chī mèi wǎng liǎng)，纷纷前来投靠。这样一来，蚩尤的势力越来越壮大。

蚩尤本来就是一个凶狠残暴、野心勃勃的人，随着他的实力越来越强大，他渐渐不满足于只盘踞在南方这片区域。蚩尤想要获得更多的领地，掠夺更多的资源，进而把整个天下都掌握在自己手里。

于是，蚩尤带着他的部下开始了夺取天下的行动。很快，许多土地都被他们占领了，无数人的家园遭到了破坏，越来越多的地方被卷入到战乱之中。

这一天，蚩尤带着部下来到黄河北岸，占据了涿(zhuō)鹿之野，这里是黄帝的领地。黄帝得到消息之后，立即率人前去迎敌，一场大战随即展开。

黄帝的手下也有不少精兵猛将。比如有一个叫英招的天神，长得人面马身，身上有老虎的斑纹，背上有鸟类的翅膀，既能在地上飞奔，又能在天上翱翔，有着极强的战斗力。还有一个叫离朱的，可以说是个千里眼，哪怕离得再远，也能看清鸟兽身上的细毛。还有神荼（tú）、郁垒，这两个人也非常厉害，为黄帝捉鬼抓怪，后来还成了老百姓贴在门上的门神。然而，尽管黄帝旗下有这么多良臣名将，可还是敌不过蚩尤声势浩大、兵器精良的大军，大战初期，黄帝的部队节节败退。

情急之下，黄帝调来了熊、狮、貔（pí）、虎等众多猛兽前来助阵。这样一来，黄帝这边的军力大增，士气也大大提升了。就在黄帝准备大举反攻的时候，蚩尤却率先派出了他手下的那些魑魅魍魉。这些魑魅魍魉可不一般，一个个长着人的面孔、野兽的身子，能够发出迷惑人的怪声。听到它们的声音的人，会被困在原地无法脱身，很多士兵就这样白白丢掉了性命。

好在黄帝对这些魑魅魍魉比较了解，知道它们的弱点在哪里。别看它们阴险恶毒，但它们天生怕一种声音，那就是龙的叫声。于是，黄帝请来应龙相助。应龙是一条长着翅膀的神龙，它听到黄帝的呼唤，来到两军阵前。应龙长啸一声，那些原本穷凶极恶的魑魅魍魉，立即被吓得魂飞魄散，一个个屁滚尿流地跑了。

战场上的局势急速逆转，蚩尤有些招架不住了，但他仍不肯认输。混战之中，他突然跳了出来，冲着天空张开大口，喷吐出一团团的浓雾。这些浓雾迅速扩散，瞬间弥漫于天地之间。黄帝的部队被浓雾冲散了，彼此失去了联系，且迷失了方向，大家在浓雾中左冲右突，乱成一团。

在黄帝手下，有一位名叫风后的大臣，非常聪明，见此情形，对黄帝说："天上的北斗星，无论任何时候，斗柄都会指着北方。如果我们制造出一个能够指示方向的工具，就可以冲出浓雾了。"

黄帝一听，当即让风后想办法制造这样的工具。风后很聪明，没用多久就造出了一辆指南车。这辆车无论怎么挪动、旋转，车上小人的右手始终指向南方。有了指南车的帮助，黄帝的军队很快找到了方向，从重重迷雾中冲了出来。

虽然冲出了迷雾，可黄帝发现自己的军队士气低迷，还没有从之前的失利中走出来。这该怎么办呢？这时有人向黄帝建议，在东海有一种叫夔（kuí）的神兽，吼叫起来声音惊天动地，可以用它的皮做一面战鼓来鼓舞士气。于是，黄帝派人抓住了那只神兽，用它的皮做了一面战鼓，还用它的骨头做了鼓槌。战鼓一敲起来，声音震天动地，在五百里之外都能听得清清楚楚。这下，黄帝的军队军威大振，士兵们都充满了斗志。蚩尤的军队呢，闻风丧胆，像蝼蚁一样溃败了。

这下蚩尤该认输了吧？不，他还不肯！即便没有了浩大的军队，他还有办法向黄帝发难。他请来了风伯和雨师，这两位神通广大，可以呼风唤雨。一时间，狂风卷着暴雨，朝着黄帝的军队袭来．士兵们被暴风骤雨吹打着，寸步难行。

眼看着军队又一次陷入混乱，黄帝只好请来自己的女儿女魃（bá）。女魃虽然长相丑陋，但本领不小。女魃是一位旱神，专门负责收云息雨，正是风伯和雨师的克星。

女魃果然没有让父亲失望，她稍显神通，便让风伯和雨师偃旗息鼓了。随后，女魃一鼓作气，冲入了蚩尤的军营。她身上的热量仿佛一股股烈焰，把蚩尤剩下的兵马全都烤焦了。蚩尤觉得大势已去，便带着残兵败将逃走了。

黄帝当即紧追过去，最终俘获了蚩尤。自此，黄帝和蚩尤之间波澜壮阔的战争，终于落下帷幕。

这场战争给双方都造成了巨大的损失，很多无辜的人遭受了不幸。就连黄帝的女儿女魃也成了受害者，她因为在交战中沾染了邪气，无法再回天庭。可是人间哪里会欢迎一个旱神呢？只要她待在哪里，哪里就会大旱，庄稼绝收。于是，女魃只能到处游荡，无处落脚。

跟女魃一样不幸的还有应龙，他也中了邪气。最后，应龙选择在南方住了下来。于是，一直到现在，南方都长年多雨。

也许你还会问，蚩尤最后怎么样了呢？他被抓住之后不久就被斩首了，这也算是他应有的结局。据说，蚩尤被杀之后，他身上的枷锁都被鲜血染红了。后来，这副枷锁化成一片枫林，每一片枫叶都像鲜血一样红，似乎还在诉说着蚩尤当年的悲愤。

钻木取火

在远古的荒蛮时期，人们还不知道世界上有火，更不知道怎么用火。你能想象没有火的生活是什么样的吗?

首先，没有火，就不能照明和取暖。一到夜晚，世界就一片漆黑，野兽的吼叫声此起彼伏。人们只能蜷缩在一起，瑟瑟发抖，面对恐惧和寒冷，毫无办法。

其次，没有火，人们就不能加工食物。那时候的人们吃的都是生冷的食物。抓到猎物，只是剥下皮毛，然后直接连血带肉地生吃。采到野菜，也是直接放到嘴里，嚼一嚼便吞到肚子里。这样一来，人们自然容易生病，寿命也都很短。

天上有一位叫伏羲的大神，看到人们的生活这么艰难，心里很难过。他知道，如果让人们发现火，知道怎么用火，他们的生活就会好很多。于是，他大显神通，在山林里降下了一场雷雨。电闪雷鸣之间，只听见咔嚓一声巨响，一道闪电劈到了一棵大树上，大树瞬间燃烧起来。很快，周围的树也跟着熊熊燃烧起来。人们从来没有见过火，都被这种张牙舞爪的东西吓坏了，纷纷四散奔逃。

不久之后，雨停了，夜幕也降临了。雨后的夜晚又湿又冷，原本逃散的人们陆陆续续又聚到了一起。大家惊恐地张望着那些还在燃烧的树木，谁也不敢向前靠近一步。

这时候，一个勇敢的年轻人发现，经常在附近出没的野兽都不见了，周围变得很安静。

“难道它们都很怕这个闪闪发亮的东西吗？”带着这样的疑问，年轻人勇敢地向火堆靠近。他离火堆越近，越觉得暖和，那感觉舒服极了。于是，他兴奋地招呼大家：“你们快过来呀，这个东西并不可怕，这里很舒服！”

听到他的呼喊，其他人打消了顾虑，也慢慢围拢过来。果然，在黑夜中围着这种发亮的东西，既亮堂又温暖，实在是太好了！

正当人们欢欣鼓舞的时候，他们又闻到了一股奇特的香味。这香味就是从火堆里传来的。仔细一看，原来是一些被烧死的野兽，它们的皮肉虽被烤成了焦黑色，却散发出诱人的香味。

人们平时吃的都是生肉，这种焦黑的肉到底能不能吃呢？

大家你看看我，我看看你，谁也不敢去尝一尝。这时候，那个勇敢的年轻人又一次站了出来。他来到一只被烤熟的野兽旁边，小心翼翼地撕下一块肉，闻了闻，最后放到嘴里。顿时，一股从未有过的美味席卷了他的舌尖，这种被烤熟的肉又香又嫩，味道鲜美。年轻人忍不住连连称赞，赶紧招呼大家："快过来尝尝，这肉太好吃啦！"

人们看见他陶醉的样子，已经猜到了结果，如今听到他的呼唤，纷纷围了过来。大家分享着烤熟的野兽肉，都觉得这是自己从未吃过的美味。

吃饱之后，大家围着火坐了下来，都觉得火是个好东西，既能照明取暖，又能吓跑野兽，还能烧熟食物，带来美味。要是能把火保存下来，每天都能用上就好了。

究竟该怎么保存火呢？

正当大家七嘴八舌地讨论的时候，有人惊呼道："不好了，火要灭了！"

原来，树枝已经快被烧光，看火眼就要熄灭了。这下可糟了，该怎么办呢？不知道要等多久，才能再次等到闪电劈到树木呢！大家眼睁睁地看着火苗越来越小，一个个手足无措。

在这关键时刻，还是那个年轻人最为冷静。他发现，火苗之所以会变小，是因为那些树枝都被烧成了灰。他捡来一些新的树枝试着放到火堆上，结果火苗又旺了起来。要想留住火，就要不断地往火堆上添树枝。

于是，为了保存火，大家决定轮流值守。每人一天，专门守着火，给火堆添柴，不让火熄灭。

可是，一天晚上，值守的人不小心睡着了，树枝烧光了，火熄灭了。失去了火，人们重新陷入黑暗和寒冷之中，实在是痛苦极了！尤其是那位年轻人，比其他人都要伤心，他多么希望那燃烧的火焰能够重新回到人们的身边啊！

天上的伏羲看到这一切，便来到那个年轻人的梦里，告诉他："在遥远的西方，有一个叫燧（suì）明国的地方，那里有火种。如果你有坚定的决心和意志，可以去那里把火种取来。"年轻人醒来之后，当即下定决心，出发前往燧明国，为这里的人们找来火种。

年轻人一路向西走，翻过一座座高山，渡过一条条大河，历经了千难万苦，终于来到传说中的燧明国。可这个所谓的燧明国，也就是大神在梦中告诉他的有火种的地方，竟然没有太阳，也没有月亮，别说火了，这里连一丝光线都没有！

年轻人失望极了，他在一棵叫燧木的大树下坐了下来。一路奔波的他累坏了，刚刚坐下便睡着了。不知道过了多久，一种"笃、笃、笃"的声音吵醒了他。他睁开眼睛，看到眼前有一闪一闪的亮光。年轻人立刻站起来，顺着亮光寻找光源。

这时候，他看到树上有几只大鸟，正在用又长又硬的喙啄

树上的虫子。只要它们一啄，树上就会迸射出明亮的火花。年轻人看到这样的情景，脑海里突然灵光一闪，得到了一个启发。他折了一些燧木的小树枝，然后用小树枝钻大树枝，树枝上果然冒出了火花。可是尽管有火花，却烧不起来火苗。年轻人并不灰心，他找来各种树枝，还在下面垫上易燃的草叶，他反复进行尝试，不停地敲击、摩擦，终于，树枝冒烟了，火苗燃起来了！

年轻人回到家乡，把钻木取火的方法教给了大家。从此以后，人们再也不用生活在黑暗、寒冷和恐惧之中，茹毛饮血的时代结束了。人们都折服于这位年轻人的智慧和勇气，一致推举他做首领，并尊称他为燧人氏，就是取火者的意思。

仓颉造字

仓颉(jié)是黄帝手下的大臣，是一个非常聪明的人。传说他长了四只眼睛，每个眼睛里都有两个瞳仁。也正因为这样，仓颉具有非常敏锐的观察力，加上他过人的智慧，最终使得他为我们中华文明做出了不可磨灭的贡献——创造了文字。

仓颉最开始在黄帝手下做事的时候，被派去清点圈里牲口的数目，还有仓里食物的多少。这对于聪明的仓颉来说，根本不算什么难事。很快，他就熟悉了自己所管的牲口和食物，数目都牢牢记在心里，哪种增加了、减少了，他都能准确掌握，从来没出过差错。

可是，随着时间的推移，牲口和食物的种类、数量都在增加，如果继续只靠脑袋来记录，那就难免要出错了。当时并没有文字，更没有纸和笔可以用来记录。这该怎么办呢？仓颉有点犯难了。

时间不等人，仓颉整日整夜地都在想办法。他先是想到了在绳子上打结，用不同颜色的绳子代表不同种类的牲口、食物，再用绳子上的结来代表每一种的具体数目。比如说，白色绳子代表羊，黄色绳子代表牛，白色绳子的一个结就代表一只羊，黄色绳子的一个结就代表一头牛。这样确实能够做到对数目的准确记录，但时间长了，这种办法也出现问题了——数目增加的时候，在绳子上打个结倒是很方便；但是如果数目减少，解开一个结可就要麻烦多了。

仓颉又开始琢磨，思来想去，他又想到了一个办法。他把绳子上的结改成一个圆圈，然后把贝壳挂到圆圈上，用贝壳代表东西的数目。数目增加时，就加上一个贝壳；数目减少的时候，就去掉一个贝壳。这个办法挺有效，他用了好几年，把牲口和食物都清点、管理得井井有条。

黄帝看到仓颉这么能干，非常赏识他，给他安排的事情也就越来越多。像是每年祭祀的次数、每次狩猎的分配、部落人口的增减等，都交给仓颉管理。这下仓颉又开始犯愁了，这么多事情，每个事情里又分了很多零碎的部分，光靠绳子和贝壳显然已经不够用了，得重新想办法才行。那么，究竟要怎么办才好呢？

仓颉苦苦思索，一直没找到解决的办法。一转眼，冬天到了，外面下起了大雪，整个世界银装素裹。一筹莫展的仓颉望着雪景，决定出去散散步，让大脑也休息一下。

在一个三岔路口，他遇到了三个正在争执的猎人。仓颉便停了下来，仔细听他们究竟在争执什么。一个猎人说："我们往东走吧，东边有一群羚羊！"另一个猎人则说："听我的，往北走，那边有一群鹿！"第三个猎人则说："我们应该往西才对，那边有两只老虎，我们再不追就来不及啦！"

仓颉好奇地问道："你们是怎么知道每个方向都有什么猎物的呢？"

那三个猎人告诉他："看脚印呀！这些野兽都在雪地上留下了脚印，一看脚印就知道它们是什么了！"

仓颉心头一动，一道灵光猛然闪现："既然不同的脚印能代表不同的野兽，那么我为什么不能用不同的符号来代表不同的东西呢？"想到这里，他飞快地跑回家里，仔细琢磨每种东西应该用什么符号来代表。

仿佛另外一个世界的大门向仓颉打开了。他运用自己过人的智慧和丰富的想象力，加上之前长期积累的对世界的细致观察，创造了一个个生动传神的符号，用它们来代表山川湖海、鸟兽鱼虫、草木器具。比如：圆圆的太阳，仓颉就用"日"字来代表；弯弯的月亮，就用"月"字来代表；高高的大山，就用“山”字来代表；流动的河水，则用“水”字来代表……

顺着这个思路，仓颉继续发挥自己的想象力，很快，人、手、牛、羊、马、鸡、犬……这些符号都被创造出来了。

仓颉创造出这些符号之后，把它们整理到一起，拿给人们看。由于这些符号都非常生动传神，只要稍加解说，人们就能辨识出这些符号所代表的意义。仓颉高兴极了，他继续努力，创造出了更多的符号。

他几乎每天都沉浸在思考和创造之中，因为世界上的事物实在是太多了，他希望创造出尽可能多的符号，这样人们将来记录事情才更方便。时间长了，仓颉无论走到哪里，无论看到什么，都习惯性地去思考，该用什么符号代表眼前的事物。

比如，有一天仓颉来到一片树林，他走累了，就在一棵大树下休息。休息的时候，他依然没有忘记造字的事情。他之前已经根据树木的形状创造了“木”字，现在他靠在树上休息，也就是“木”旁边多了一个“人”字，它们加起来不就可以代表“休息”的“休”字吗？还有，一棵树叫“木”，树再多一点，用两个“木”字，不就可以代表“树林”的“林”吗？如果树再多一些，用三个“木”字，不就可以代表“森林”的“森”吗？

仓颉每时每刻都在研究和思考，慢慢发现了很多创造符号的诀窍，越来越多的符号被他创造了出来。

仓颉把自己创造的符号汇总到一起，刻在乌龟的外壳上，然后献给了黄帝。黄帝非常高兴，因为这些符号既容易理解，又简单易记，使用起来非常方便。黄帝当即下令，将这些符号作为新的记事方法在天下推广。中国的甲骨文和象形文字，便由此产生了。我们今天所使用的汉字，就是从这些符号演化而来的。

据说，仓颉造字成功之后，还发生了一件怪事：一天，天上突然下起了雨，这“雨滴”可不一般，它们不是水，而是一粒粒的稻谷。人们都说，之所以会降下谷子雨，是上天对仓颉的褒奖。后来，每年的这个时候，就成了我们现在仍在沿用的“谷雨”节气。

仓颉的名声越来越大，人们都尊称他为“造字圣人”。可他毕竟是一个有血有肉的人，也有人性上的缺点。当黄帝对他越来越器重，人们对他越来越赞美，他开始有点飘飘然了。慢慢地，他做起事情来就没有那么认真了，造出来的字呢，自然也马马虎虎，不再像以前那么严谨了。

黄帝看到仓颉的这个状况，觉得应该提醒他一下，让他能够认识到自己的错误。可是，用什么样的方式才比较合适呢？他找来身边最年长的一位老人寻求建议。这位老人有着长长的胡子，胡子上打了一百二十多个结，这代表他已经一百二十多岁了。老人沉吟了一会儿，请黄帝放心，他会去找仓颉好好谈谈的。

老人找到仓颉的时候，仓颉正在教各个部落的人识字。老人默默地坐在最后面，安静而认真地听讲。仓颉讲完之后，其他人都散去了，只剩下那位老人。

仓颉很好奇，便走上前去问道："老人家，你为什么还在这里，有什么问题吗？"

老人说："仓颉啊，你造出来的文字已经家喻户晓了。可我人老眼花，脑子也不够用了，到现在还有几个字一直搞不明白，你能不能再教教我呀？"

仓颉见这个老人家都这么大岁数了，还这么好学，心里很高兴，就对他说："老人家，你有什么问题？快说吧！"

老人说："你造出来的'马'字、'驴'字、'骡'字，下面都有四个点来代表四条腿，可是牛也有四条腿呀，为什么你造出来的'牛'字没有四条腿，只剩下一条尾巴呢？"

仓颉一听，心里顿时慌了。他非常清楚，自己在造"鱼"字时，是要用"牛"这个字的，而造"牛"字时，本来是要用"鱼"的，结果由于自己粗心大意，竟然把这两个字颠倒了，这就使得原本只有一条尾巴的"鱼"有了四条腿，原本有四条腿的"牛"只剩下了一条尾巴。

老人没等仓颉回答，又接着说："还有你造的'重'字，既然是千里之远的意思，应该念出远门的'出'才对；而这个'出'字呢，既然是两座山叠到了一起，那肯定很重了，应该念重量的‘重’才对。这几个字我实在是捉摸不透，只好来请教你了。”

此时的仓颉，已经羞愧得无地自容，他深深地意识到，都是由于自己的骄傲，才造成了这样的错误。现在这些字已经教给了各个部落的人们，在天下传播开来，想改都改不了了。他当即在老人面前痛哭流涕，表达了自己的愧疚和忏悔。

老人拉着仓颉的手，语重心长地说：“仓颉啊，你创造了文字，可谓是做了一件功盖千秋的大好事，世世代代的人们都会记住你，但是你可千万不能因此就骄傲自大呀！”

从此以后，仓颉每创造一个字，都会反复推敲，再也不敢粗心大意了。每当他造出一个新字，都会去征求人们的意见，等到大家都觉得好了才确定下来。就这样，随着他创造出来的字越来越多，华夏民族也从荒蛮岁月走向了文明时代。

嫘祖养蚕

相传，在远古时候，有一个叫西陵国的地方，那里有一座大山，叫嫘（léi）村山，山上住着一些人家，嫘祖就出生在这里。

嫘祖是一个聪明而勤劳的姑娘，她十五六岁的时候，就已经长得如花似玉了，周围人都很喜欢她。嫘祖的父母每天都要上山打猎，嫘祖就跟他们一起，去山上采摘一些野果子，拿回来给父母吃。她觉得多一些食物充饥，父母就可以少打一些猎物，不用每天那么奔波劳累了。

一天，嫘祖又像往常一样上山去找吃的，她路过一个山坡，山坡上长了很多桑树，桑树上结了很多绿色的桑果。嫘祖看到这些果子很高兴，便摘了一颗尝了尝——呀，又苦又涩！一点也不好吃！嫘祖失望地叹了口气，只得去寻找别的果子。

不过，嫘祖没忘记这些桑果，每次路过这个山坡的时候，她都会望上两眼。她知道，有些果子没成熟的时候就是绿色的，还不能吃，等到果子变成红色的时候就可以吃了。因此，她一直在细心观察，看看桑果会不会变红。

过了一段时间，嫘祖发现那些桑果变了颜色，可是并没有变成红色，而是变成了黑色！嫘祖在心里嘀咕道："别的果子都是越长越红，这个倒好，居然越长越黑！这样的果子估计不能吃吧！"

这一天，嫘祖又来到山上，可她找来找去，也没找到什么吃的。她又累又饿，实在走不动了。刚好路过那片桑树林，她便坐在一棵桑树下休息。家里已经没有什么吃的了，如果自己再不摘些野果，父母今天肯定要饿肚子了。想到这里，她难过得哭了起来。

就在这时，一阵风吹过，几颗熟透了的桑果落了下来，刚好落到嫘祖的面前。嫘祖看着眼前的果子，已经顾不上到底能不能吃了，捡起一颗便放到了嘴里——呀，又酸又甜！比之前吃的那些果子都要好吃！嫘祖高兴极了，她顾不得自己还饿着肚子，赶紧采摘了很多桑果，带回家去给父母吃。

从此以后，嫘祖每天都要去山上采摘桑果。周围的人们都知道了桑果的美味，也开始采摘起来。在那个饥寒交迫的年代，山上这片桑树林不知道帮助了多少人。嫘祖的父母在常吃这些桑果后，精神头竟变好了。因此，嫘祖非常感激这些桑树，没事干的时候，她便会去桑树林里，观察它们，和它们说说话。

有一天，嫘祖惊讶地发现，桑树上有一些白色的虫子正在吃桑叶。随着虫子慢慢长大，竟然能够吐出一根根细长的丝线。嫘祖伸手一拉，这丝线还挺结实。她心里隐隐约约地感到，这丝线这么结实，应该能做些什么。可到底能有什么用呢？她一时半会也想不明白，便只好回家去了。

那天夜里，嫘祖做了一个奇怪的梦。梦里出现了一个美丽的女神，她微笑着对嫘祖说："嫘祖，那桑树上的虫子可是天虫呀，是上天赐给人间的礼物。它们吐出的丝可以织布，用这些布做成衣服，就可以保暖御寒了！"嫘祖一听，非常高兴，当即向女神请教要怎么做。女神耐心地教她怎么抽丝、怎么织布，最后怎么做成衣服。

醒来之后，嫘祖赶紧跑到桑树林里，收集了很多树上的小虫，又摘了很多桑叶，把它们带回了家。她找来一个大大的笸（pǒ）箩，在上面铺了一层厚厚的桑叶，然后把小虫放到上面。细微的沙沙声阵阵，那是虫专注地吃桑叶的声音。笸箩里的桑叶吃完后，嫘祖紧接着又铺上一层，虫又开始沙沙地吃起来。虫越长越大，每过几天就会睡上一阵子，然后蜕去身上的皮，再继续沙沙地吃桑叶。这样经过几次蜕皮之后，一个个都变得又白又胖，全身都是透明的。这个时候，它们便开始吐丝结茧了。

看到虫结了茧，嫘祖便按照梦里女神教给她的法子，把茧煮成丝，用小木棍把丝线缠起来，变成一个个闪光发亮的丝线坨坨。随后，她又按照梦中见到的织机的样子，用树枝绑成圆车，用搓到一起的丝线当弦，弄一根端木当车心，连在架上，这样便能拉出很多线。然后，她把拉出的线以十字形的方式编成很多方块，再由小方块连成大方块，再把这些大方块裁剪一下，披到父母的身上。就这样，人间有了第一件用丝织成的衣服。

这衣服穿到身上，既暖和又漂亮，还非常轻巧，干起活来很方便。嫘祖的父母非常喜欢。

随着天气变冷，嫘祖发现这些虫蛹会变成蛾子，蛾子又会生下很多虫子。嫘祖把这些虫子保存起来，细心观察它们的变化。等到天气转暖，春天来了的时候，这些虫子慢慢变成了小虫子。嫘祖便把它们放到父亲用竹子编的浅筐里，采桑叶喂养。等到虫长大了，便又开始吐丝结茧，嫘祖继续抽丝织衣。很快，周围人都知道嫘祖在养一种叫天虫的东西，这种虫吐的丝可以用来织布做衣服，便纷纷来向她学习。嫘祖非常热心，把自己知道的一切都教给了大家。于是，附近的人慢慢都用丝线织衣服。

过了一段时间，西陵国的国君经过嫘村山，看到这里的人穿的衣服既轻软又好看，觉得很奇怪，便详细询问起来，才从人们口中得知这些都是嫘祖的功劳。国君一听，觉得这个姑娘实在是太了不起了，于是马上召见她，希望她能够向全国的百姓传授饲养天虫的技术，让百姓都能够穿上这么上乘的衣服。善良的嫘祖自然答应了。

随后，国君给这种天虫赐名为蚕，号召全国百姓都来栽桑养蚕、纺线织衣。从此以后，西陵国的百姓都穿上了丝织的衣服。嫘祖看见大家的日子越过越好，心里非常高兴，觉得这天虫真的是上天赐给人间的礼物。

之后的某一年，统管天下的黄帝打败蚩尤之后，途经西陵国。西陵国的国君非常尊敬黄帝，以礼相迎。黄帝进入西陵国之后，看到这里的平民百姓都穿着非常精致的服装，感到非常惊讶。他向西陵国的国君询问，这才得知了嫘祖养蚕的事情。黄帝对嫘祖非常好奇，便提出要见一见她。于是，西陵国的国君安排人给黄帝带路，黄帝来到了嫘祖所在的嫘村山。

看到美丽而聪慧的嫘祖正在认真地采桑养蚕，黄帝不禁从心底喜欢上了这个姑娘。他向嫘祖详细询问她是如何养蚕、如何织出美丽的衣服的，嫘祖耐心地给他做了解答。他告诉嫘祖，在他的国家，百姓还过着冬穿兽皮、夏遮树叶的日子，他真心地希望自己国家的百姓也能学会种桑养蚕，这样他们的生活就不用那么苦了。

最后，黄帝向嫘祖表达了自己对她的爱慕之情，恳请嫘祖随他一起回去，去造福那里的百姓。嫘祖看着眼前这位年轻的首领，被他的善良和担当深深打动，于是答应了他的请求。

黄帝非常高兴，亲自把嫘祖接到宫中，并封嫘祖为妃，号召百姓都来种桑养蚕。勤劳能干的嫘祖一边教人们养蚕，一边总结出一套完整的喂蚕、缫（sāo）丝、织帛的经验。从此以后，人们不仅仅能制作出好看的衣服，还会做精致的鞋帽。也就是从这个时候开始，人类才算彻底摆脱了披兽皮、遮树叶的生活，过上了男耕女织的幸福生活。

直到现在，人们使用的真丝绸缎还来自天然蚕丝，这种布料享誉世界，成为中华文明的一个代表。而我们现在所用的养蚕缫丝的方法，说起来还是从嫘祖那里一代代传下来的。后世的人们为了感念嫘祖的恩德，便尊称她为“先蚕圣母”。由于最早用蚕丝织布的也是嫘祖，所以后世机坊织绸的人们也尊称她为“机神娘娘”。

杜康酿酒

从古至今，在大大小小的宴席上，人们几乎都离不开一种东西，是什么呢？答案就是酒。那么，你知道酒是怎么被发明出来的吗？

据说，酿酒的始祖是一个叫杜康的人，他也是黄帝手下的一位大臣。但他的职责可不是专门去酿酒，恰恰相反，酒的诞生其实是由于他工作的疏忽。这究竟是怎么回事呢？

黄帝建立部落联盟之后，百姓的生活越来越安稳富足，生活方式也逐渐由狩猎向农耕转变。以前人们靠打猎为生，打到猎物还好，一旦接连几天打不到，就要饿肚子了，生活得不到保障。发展农耕之后，人们能够比较稳定地收获粮食，就不用再担心饥一顿饱一顿了。

黄帝深知这一点，所以他很重视农耕，专门安排杜康负责管理粮食生产。杜康也不辱使命，带领百姓辛勤耕作，研究粮食增产的技巧，又加上风调雨顺，连续几年都获得了大丰收。百姓一个个喜上眉梢，杜康呢，也觉得非常有成就感。

可是，粮食越来越多，又带来了另一个问题，那就是储存问题。当时的人们都没有经验。杜康思来想去，决定把粮食都堆在山洞里。然而，由于山洞比较潮湿，时间一长，粮食全都发霉了。

杜康一看，百姓辛辛苦苦积攒的粮食，竟然都被自己弄坏了，非常心痛。他主动向黄帝请罪，愿意承担责罚。黄帝得知这件事后，既痛心又生气，撤掉了杜康的官职，让他专门负责保管粮食。黄帝对杜康说："我再给你一次机会，如果粮食再发霉变坏，你就提着脑袋来见我吧！"

杜康也很郁闷。他原本是负责粮食生产的大臣，现在倒好，一下子变成保管员了。可毕竟是自己犯下大错在先，承担责任也是应该的。更何况，他想到了黄帝身边的其他人，像仓颉、嫘祖，还有风后、力牧等大臣，每个人都有所发明创造，立了大功，而自己呢？不仅没做出什么贡献，还犯了错。这么一想，他也就没什么好郁闷的了，他暗暗下定决心，一定要把保管粮食这件事做好。

此后的日子里，杜康一直在琢磨怎么保管粮食比较保险，不过始终没有找到比较稳妥的办法。眼看着又一个粮食收获的季节就要到了，如果再想不到合适的办法，百姓辛苦收获的粮食该往哪儿放呢?

杜康心急如焚，每天四处寻觅可以储存粮食的地方。这一天，他在森林里发现了一片开阔地，这里有好几棵大树都死了，只剩下粗大的树干，并且树干是中空的，有的空间很大，人爬进去完全没问题。杜康望着这些树洞，突然灵机一动——是不是可以把粮食储藏在这里呢？这些枯死的树干都很干燥，树洞里又可以遮风挡雨，粮食放在里面应该不会再发霉了吧?

他当即动员大家，把收获的粮食全都装进树洞里。随后，每过一段时间，杜康都会亲自过来查看，检查粮食有没有变坏的迹象。令他欣慰的是，一连好几个月过去了，粮食都安然无恙。

不过，令杜康没有想到的是，这些枯树经过长时间的风雨侵蚀，密封性越来越差。一两年之后，有些树洞里的粮食在经过风吹、日晒、雨淋之后，慢慢地发酵了。

这一天，杜康像往常一样又来查看粮食保管的情况，突然在一棵储藏粮食的大树周围发现了异常的状况。只见在这棵枯树周围的地上躺了好几只动物，有山羊，有野猪，还有几只兔子。这是怎么回事呢？这些动物都是集体病死在这里的吗？杜康很是好奇，慢慢靠近去看，却发现这些动物都是活的，一个个都躺在这儿睡大觉呢！这可更神奇了，他从来没见过这么多动物躺在一起睡觉的情形呢。

当他还在纳闷的时候，一只野猪突然醒了过来。野猪一看附近有人，马上撒开腿跑进了树林里。紧接着，山羊和兔子也醒了过来，也都一溜烟地跑了。

杜康上山的时候没带弓箭，所以没去追赶。正当他转身准备离开的时候，又来了两只山羊，径直来到储藏粮食的那棵大树跟前，在树洞口舔着什么。

杜康连忙闪身躲到一棵大树背后，悄悄观察。只见那两只山羊舔了一会儿之后，身子便开始摇摇晃晃，没走几步，便倒在了地上，跟刚才那几只动物的状态一模一样。

杜康飞快地跑过去，抓住那两只山羊，把它们捆了起来。然后，他开始仔细查看刚才这两只山羊所舔的地方。这一看不要紧，可把杜康吓坏了。

原来，这个储藏粮食的树洞的洞口裂开了一道缝，正有水不停地往外渗。那些山羊、野猪、兔子，就是因为舔吃了这些水才倒下的。杜康把鼻子凑过去闻了闻，渗出来的水有一种特别的清香，他忍不住也尝了一口。刚入口时味道有些辛辣，但又有一种特别的醇美。他又尝了几口，发现越喝越想喝，根本不想停下来。

杜康突然觉得头有点晕，紧接着天旋地转的，他想试着走两步，结果还没等站起来，就身不由己地倒在地上，昏昏沉沉地睡了过去。

等他醒过来的时候，已经不知道过了多久。原来被他捆着的两只山羊，有一只已经挣脱跑了，另外一只正在挣扎。他翻身起来，只觉得神清气爽、精神饱满，浑身充满了力量。他意识到，从树洞里渗出来的这些水一定非同寻常，便摘下系在腰间的尖底罐，盛了半罐从树洞里渗出的水。

回去之后，杜康把自己的经历告诉了周围的人，又把自己带回来的那种带着浓香的水分给大家品尝。大家也都觉得很奇怪，有人建议他赶快向黄帝报告，也有人劝他慎重。劝他慎重的人的理由是，杜康以前就因为把粮食弄坏被降了职，现在又把树洞里的粮食变成了水。黄帝如果知道了，即便不杀他的头，也会对他施以严重的处罚。

大家一听，觉得的确有道理，都为杜康捏了把汗。杜康却不以为意，他不慌不忙地对大家说："事到如今，不管是好是坏，都不能瞒着黄帝。"说完，便带着那只尖底罐去见黄帝了。

黄帝听完杜康的报告，又仔细品尝了他带来的那罐味道香醇的水，当即请来各位大臣，想听听大家的看法。大臣们一致认为，这水是粮食中的一种元气，并非毒水。

黄帝听完大家的意见，并没有责备杜康，而是让他继续观察研究，仔细琢磨其中的道理。然后，黄帝转过身来，问旁边的仓颉，应该给这种水取一个什么样的名字比较合适。仓颉脱口而出道："此水味香而醇，饮而得神。"说完，便造出了一个"酒"字。黄帝和大臣们都觉得这个字很传神，当即定下了这个名字。

我国远古时期的酿酒事业便从此出现了。后人为了纪念杜康的贡献，都尊称他为"酿酒始祖"。

百鸟之王少昊

少昊是谁？他是上古时期华夏部落联盟的首领，也被称为西方天帝。他为什么还会被称为“百鸟之王”呢？传说他曾在东海之滨建立了一个王国，这个王国里的群臣百官，都由各种鸟类担任，因此，他的国家也被称为“百鸟之国”。这是不是很神奇呢？

传说，少昊是仙女皇娥和启明星的儿子。说起皇娥和启明星的相爱，还有一段浪漫的故事呢。

很多人都喜欢仰望天空，你知道天空中最美的是什么吗？当然是那些七彩的云霞啦。这些云霞形态各异，有的像棉花团一样堆积，有的又像锦缎一样铺满半边天空。据说，这些五颜六色的云霞，就是出自仙女皇娥之手。

美丽而聪颖的皇娥，是天帝的女儿，她住在由无数美玉砌成的宫殿里，每天用七彩的丝线织布。她织出来的布匹非常绚丽，从人间往天上看，就成了一片片流光溢彩的云霞。

皇娥非常勤劳，每天都要织到深夜。累了的时候，她就走到宫殿外面，去广阔的银河边休息一下，在岸边散步、玩耍，捡一些美丽的贝壳。有时候，她还会乘一只木筏，在浩瀚的银河里穿行，观赏沿途的风景，放飞自己的思绪。

这一天，她又一次乘着木筏，沿着银河溯流而上，一直来到西海岸边。那里有一棵神奇的穷桑树，据说这棵树有一万丈高，桑叶红得像枫叶，结出的桑葚又大又肥，像紫色的水晶。这桑葚要一万年才结一次，人吃了之后就能长生不老，寿命跟天地一样。

皇娥早就听说过这棵树，现在果真见到了，觉得比想象中还要壮观。她来到穷桑树下，仰望着那挺拔的树干、茂密的红叶、晶莹的果实，觉得漂亮极了。正在她沉浸在对穷桑树的赞叹时，一个少年突然从天而降，来到她的面前。这个少年面如满月、目似晨星，浑身上下都散发着若隐若现的光芒，实在是英俊极了。皇娥看着他，禁不住有些发呆。

少年对皇娥深施一礼，说："你好呀，皇娥姑娘，我是白帝的儿子启明星，希望能和你做个朋友！"

皇娥听了，心里十分欣喜。她早就知道启明星，当她仰望天空的时候，第一眼看到的就是启明星，那颗星总是那么明亮、那么美丽、那么勤劳。因此，她对这个少年的好感又增添了几分，脸不自觉地羞红了。

而启明星呢，也早就喜欢上了皇娥姑娘。他每天升到空中时，第一眼看到的就是皇娥织出的美丽云霞，他多方打听，才知道这些云霞出自心灵手巧的皇娥之手。而这个皇娥姑娘，长得跟她织出的云霞一样美。他经常在银河边看到皇娥的身影，一直默默地关注着她，直到今天，才鼓起勇气来和她打招呼。

启明星深情地注视着皇娥，向她诉说着自己的倾慕，也不好意思地红了脸。皇娥被他看得更难为情了，她低下头轻抚自己长长的头发，一句话都说不出来了。

启明星微微一笑，伸手一挥，手中便出现了一把银光闪闪的琴。他倚着穷桑树，拨动琴弦，宛转悠扬的琴声顿时从他的指间流出。皇娥被他的琴声深深吸引，情不自禁地伴着琴声唱起了歌。琴声和歌声相契合，宛如天籁，连银河里的鱼都成群结队地浮出水面，竞相倾听这曼妙动听的声音。

皇娥和启明星就这样一唱一和，互相被对方吸引，连回家的时间都忘记了。转眼夜幕低垂，银河上升起皎洁的月光，他们一起走上木筏，用桂树的枝条做船的桅杆，将芬芳的薰草拴在桂枝上做旌旗，又用美玉刻成鸠鸟，放置在桅杆顶上辨别风向。据说，后来人们经常在船桅和屋顶上放置的相风鸟，就是仿照这只玉鸠做成的。

皇娥和启明星两个人，肩靠肩地坐在木筏上，在波光粼粼的银河上许下了爱情的诺言。皎洁的月光洒在这一对幸福的恋人身上，像是为他们送来深深的祝福。

不久之后，皇娥和启明星便成了亲。后来，皇娥生下了一个男孩，这个男孩便是少昊。

据说，少昊诞生的时候，飞来了五只凤凰落到院子里。这五只凤凰颜色各异，分别是红、黄、青、白、玄，代表东、西、南、北、中五个方位。因此，少昊还被称为凤鸟氏。

大概由于这个原因，少昊从小就和鸟类十分投缘，只要看到鸟，就会开心地笑。他能够听懂鸟的话，他说的话鸟也能听懂。鸟儿都十分喜欢他，他的家中总是飞舞着各种各样的鸟儿，它们和少昊一起游戏，每天都唱歌给他听。

一天天过去，少昊长大了。在父母的精心抚育下，他长成了一个英俊的少年，不仅知书达理，还精通音律。父亲教他弹琴，把毕生对琴艺的参悟都传授给了他；母亲则教他为人处世的道理，让他长大后成为一个对天下有用的人。父母真诚、善良、勤劳的品质深深地影响了少昊，见少昊慢慢成长为一个出类拔萃、英伟不凡的青年，皇娥和启明星都非常欣慰。

少昊长大成人后，觉得应该为天下百姓做些什么。于是，他决定离开父母到外面游历，去成就一番事业。

皇娥和启明星虽然舍不得儿子离开，但为人父母的他们深明大义，理解并支持儿子的志向。他们在送别儿子时，告诫他一定不要辜负他们的期望，早日创立基业，造福黎民。

少昊果然没有让父母失望，由于他见识出众、能力过人，来到人间不久后便成了一方部族的首领。

少昊成为部落联盟的首领时，凤鸟前来庆贺，这是一个非常吉祥的兆头。少昊非常高兴，便把凤鸟当作族神，以凤鸟为图腾。由于与鸟类生俱来的缘分，少昊便以鸟名为联盟所辖的部族命名，比如凤鸟氏、玄鸟氏、青鸟氏等，形成了一个以凤鸟为图腾崇拜、由二十四个氏族构成的庞大部落。

少昊的部落不断发展壮大，后来他在东海之滨建立了一个国家，叫少昊之国。他建立的这个国家，可以说是旷古绝今的。为什么这么说呢？因为这个国家里的群臣百官，既不是人，也不是神仙，而是各种各样的鸟。少昊根据每种鸟的特点和能力，给它们安排职位、分配工作。

比如，他让燕子、伯劳、鹦雀、锦鸡分管一年四季的天时，凤凰做总管。从此以后，燕子便春分时来，秋分时去，专门为人间报告春分、秋分的日子；伯劳夏至时开始鸣叫，到冬至时停止，专门为人间报告夏至、冬至的日子；鹦雀立春时开始鸣叫，立夏时停止，专门为人间报告春天、夏天开始的日子；锦鸡立秋时到来，立冬时离去，专门为人间报告秋天、冬天开始的日子。凤凰呢，由于它精通全年二十四节气的来龙去脉，所以做了一年四季的总管官。这些鸟在凤凰的带领下，各司其职，依照天地运转的规律，为人间准确通报时令节候。直到现在，我们根据这些鸟类的来去，还能够准确地判断时令和季节呢。

看到以上少昊对鸟类职责的安排，你是不是很佩服他的聪明才智呢？其实，还有更绝妙的管理安排呢！

比如，少昊根据鸟类的特征和性情来给它们分配职位：鹁鸪（bó gū）能够有效管理自己的妻子，又很孝顺，便掌管教育；鹫（jiù）鸟相貌威武、性情凶悍，便掌管军事；布谷鸟有七个儿子，能够做到对每一个都很公平，便掌管建筑和房屋分配；雄鹰刚正不阿、铁面无私，便掌管法律和刑罚；斑鸠每天都叽叽喳喳地叫个不听，便专门在朝堂上发表言论。

还有，他专门挑选了五种野鸡，根据它们的特性，分别掌管木工、金工、陶工、皮工、染工。另外，他还任命了九种扈（hù）鸟，管理农业上的耕耘和收获。

可以说，少昊建立的这个国家是个名副其实的鸟的王国。每种鸟都能够在这里找到自己的归属，发挥自己的能力，做出自己的贡献。后来，越来越多的鸟慕名而来，希望能在“百鸟之王”少昊的手下一展所长。于是，少昊的百鸟之国越来越繁荣昌盛，百姓对少昊的英明和才能既感恩又敬佩。

看到百鸟之国的繁荣，少昊也非常欣慰，觉得总算没有辜负父母的期望，为人间百姓的福祉贡献了自己的力量。

少昊有个年幼的侄子叫颛顼（zhuān xū），别看他年纪小，却非常聪慧，少昊便请他来帮自己料理政务。颛顼果然不负众望，把国家的大小事务治理得井井有条，深得叔父的赏识。但颛顼毕竟年纪还小，需要娱乐和放松，少昊便特意为他制作了琴和瑟，供他工作之余玩耍。颛顼聪敏好学，很快便成了一位抚琴的高手。他弹奏出来的琴声，能够赢得百鸟的齐声喝彩。

后来，颛顼长大成人，要回到自己的国家去了，少昊和颛顼只得洒泪分别。颛顼离开之后，琴瑟就成了摆设，因为每当少昊抚琴的时候，就会想起远方的颛顼。无论多么悠扬的乐曲，经少昊弹出，都带着一种淡淡的离愁。

终于有一天，少昊忍受不住内心的哀伤，索性把琴瑟丢进了东海深处。说来也怪，从此以后，每当大海上明月高照、碧波如镜的时候，从那大海的深处，总会传来一阵阵悠扬婉转又带着哀伤的琴声。

不知道过了多少年，少昊回到了自己的故乡，做了西方的天帝，管理着西方方圆一万两千里的领地。

颛顼的传说

相传颛顼为黄帝的曾孙，他的祖父叫昌意，是黄帝和嫘祖的儿子。昌意娶了昌仆为妻，生下了颛顼的父亲韩流。

韩流的相貌非常奇怪：人脸，猪嘴巴，耳朵小得像两个小孔，脖子很长，皮肤粗糙，身子看起来像麒麟。最不可思议的是，他的两条腿是连在一起的。韩流长大之后，娶了阿女为妻。一天晚上，阿女去看月亮，突然从月亮中射出一道光，隐入阿女的腹中。就这样，阿女怀孕了，随后生下了一个孩子，他就是颛顼。

颛顼从小就很讨人喜欢。他聪慧过人，富有谋略，面对问题，常常能想出大人都想不出的办法。十五岁时，颛顼就去往叔父少昊的国家，帮助他治国理政。别看颛顼年纪小，处理起国事来毫不含糊，把所有的事情都安排得井井有条。少昊非常喜欢他，他在少昊之国的日子里，叔侄二人几乎形影不离。几年之后，因为治理天下有功，他被分封到了高阳这个地方，因此人们也称颛顼为高阳氏或高阳颛顼。

颛顼的曾祖父黄帝见他聪明能干，是一个不可多得的人才，便将中央天帝的位置让给了他。据说，当时的颛顼才刚刚二十岁。

颛顼在位期间，做了不少惊天动地的大事。

第一件事，就是截断了天地之间的通道。

据说，盘古开天辟地之后，天和地虽然分开了，但实际上还有不少相连的通道，也就是传说中的天梯。这些天梯，有的是参天古木，有的则是巍巍高山。比如昆仑山，就是最常用的一座天梯。

天梯到底有什么用呢？早期的好处还是挺大的：人间那些有才能、有贤德的人可以借此去往天庭，将人间的疾苦直接向天神请示汇报；天上的神仙也可以随时下到人间，体察民情，救苦救难。可是随着时间的推移，世风日下，这些沟通人间和天上的天梯逐渐变了味道：有些根本没有才能和品德的人，竟浑水摸鱼地去了天上，跟各路神仙套近乎，闹得天庭不得安宁；天上的那些恶神呢，也经常随随便便地跑到人间，盘踞一处，为害一方，弄得生灵涂炭。

颛顼不想让这样的状况再持续下去，便决定截断那些天地之间的通道，进而规范人间和天界的秩序。

大力神重和黎奉颛顼的旨意，专门去做这件事。他们来到天地的中央，伸出那硕大无比的毛茸茸的手臂，一个双手托天，一个双手摁地。只听见一声大喝，二人同时用力，天和地竟然被他们弄松动了。

二人继续用力，天慢慢往上升，地慢慢往下沉，只听见“咔嚓、咔嚓”几声巨响，那些连接天地的天梯便都被折断了，天地之间的距离也变得越来越远。从此以后，人间和天上再也没有相通的道路了。天上的神仙不能再随便到地上来，地上的人更是难以到天上去。

天梯被彻底断开之后，重随着天空的上升到了天上，黎则随着大地的下沉留在了人间。颛顼便指派重分管天庭，黎管理人间。后来，黎有了一个儿子名叫噎（yē），他长大后专门帮助父亲管理日月星辰运行的时间和次序，噎也因此成了传说中的时间之神。

颛顼做的第二件大事，是制定人间的礼法。

有了礼法，百姓就有了可供遵循的规矩。比如，颛顼让百姓按时祭祀祖先和天地鬼神，还规定了兄妹之间不可结婚。当时，有一对兄妹不遵守礼法，偷偷结了婚。颛顼知道后非常生气，便把他们流放到了崆峒山。结果，兄妹二人饥寒交迫，拥

抱着死在了山沟里。后来，有一只神鸟从这里飞过，觉得这二人死得可怜，便衔来能让人复活的不死之草，把他们救活了。这两个人虽然活了过来，身体却完全粘到了一起，怎么也分不开了。就这样，他们变成了一个有两个头、四只手和四只脚的怪人。他们的子孙也都长得跟他们一样，人们把他们称为蒙双氏。

除了上面这些大事，颛顼还根据不同地域的地理条件，让百姓发展不同的农业。还有，他通过反复观察和研究日月星辰的运行与四季更替的规律，制定出了颛顼历法。他以现在的农历十月为起始月，九月为末月。这在当时来说，已经是相当精准和科学的历法了。

颛顼由于从小受到少昊的影响，非常喜欢音乐。他听到八方来风掠过大地，声音雄壮浩大，非常动听，便让八条飞龙模仿风声，长吟而歌，并将这首曲子命名为《承云曲》，用来纪念自己的曾祖父黄帝。

颛顼一共在位七十八年，为天下百姓做出了不少贡献。可惜的是，他的子孙们很不争气，大多都很不肖，有几个还经常危害人间。

颛顼最先有三个儿子，生下之后不久就都死掉了。一个变成了疟鬼，蛰伏在长江边上，专门在发洪水的时候传播疟疾到人间；一个变成了貌似童子的魍魉，藏匿在若水，没事干就模仿人的声音骗人害人；还有一个变成了小儿鬼，躲在人家的屋角，经常突然冒出来吓小孩子，使得小孩子哭号个不停。颛顼的这三个儿子，都是害人的东西。为了祛除他们，每年腊月初八这天，人们都会在村子里游行作法。

颛顼还有一个儿子，骨瘦如柴，生来就爱穿破烂衣裳，爱吃剩菜剩饭。有一年正月三十，这个儿子在一个偏僻小巷里死了，变成了穷鬼。老百姓最怕穷鬼上门，想尽办法赶他走。后来，人们便把正月二十九定为送穷鬼的日子。每到这一天，人们都会打扫屋子和院落，把清扫出来的垃圾当作穷鬼，投到流水里或丢到街头。有的人家还会在垃圾堆上插上香，然后放三个花炮，称作崩穷鬼，意思是这样就能把穷鬼赶跑。

颛顼还有一个女儿，据说也不是什么好东西，后来变成了一种怪鸟，有九个脑袋，所以叫作九头鸟，也被人称为夜游女。白天的时候，这种鸟一般不会出来，而是披着羽毛躲在偏僻的地方。一到了晚上，它就会褪去身上的羽毛，变成一个女人，专门抓别人的孩子。

你看，颛顼虽然能力出众、才华超群，在治国理政方面也很有成绩，可是他居然生了这么多鬼怪子女，给人间带来了不少疾病和灾祸，实在让人痛心。因此，后来人们也把颛顼称作疫神帝。

帝喾的传说

传说帝喾（kù）是颛顼的儿子，他身上有很多神奇之处。据说，他一生下来就会说话，还会写自己的名字。他的相貌也很奇特，头像鸟，却又长着两只山羊似的角；身形瘦小，长满了毛发，像一只猴子。让人想不通的是，他只有一只脚，需要拄着拐杖才能走路。

帝喾虽然长相怪异，但非常聪慧，也非常喜欢帮助别人。不管是谁，遇到了难事，都喜欢去找帝喾商量。因此，帝喾从小时候起就很出名。

帝喾很喜欢鸟，鸟也总是围着他，这可能跟他长着鸟头有关系。帝喾最喜欢的，是一种五彩鸟。五彩鸟有三种，一种叫皇鸟，一种叫鸾鸟，还有一种叫凤鸟。它们可不是普普通通的鸟，而是传说中的凤凰。它们的头像鸡，下巴像燕子，脖颈像蛇，背像龟，尾巴像鱼，羽毛五彩斑斓，看上去非常华丽。据说，凤凰不食人间烟火，常常自歌自舞，能带来吉祥平安。

帝喾十五岁的时候，父亲颛顼的国家发生了一件大事。有九个国家串通到一起，同时攻打颛顼的领地。颛顼知道帝喾是一个聪明的孩子，就把他叫到跟前，让他来谈谈有什么办法可以化解当前的危机。

帝喾说："现在九个国家都来攻打我们，如果我们同时跟他们开战，必然会顾此失彼，很难取胜呀！"

颛顼问："那么，你有什么好办法吗？"

帝喾说："别看这九个国家联手，其实他们各怀鬼胎，都想着最后独吞我们的领地。只要我们挑拨一下他们的关系，让他们彼此之间互不信任，待联盟破裂后再各个击破，这样问题不就解决了吗？"

颛顼对帝喾大为赞赏，他采用了帝喾的策略，先想办法破坏九国之间的联盟关系，进而引发他们之间的争斗和混战，最后，果然很容易地就平定了九国之乱。

颛顼觉得帝喾确实很有才干，应该给他一块封地，让他去管理，以进一步锻炼他的能力。于是，颛顼将帝喾分封在一个叫辛的地方，让他掌管那里的政务。

帝喾来到辛，发现这个地方经常闹水灾。水灾一来，百姓只得搬到另一个地方。没过多久，新搬的地方也闹起水灾，百姓只得再次搬家。这样搬来搬去，百姓疲惫不堪，每家都苦不堪言。

帝喾发现这个情况后，便想到了一个办法，他带领大家填土抬石，把居住的地方加高。可是，加高的速度赶不上水涨的速度，没过多久，新加高的地方又被水给淹了。这下，连帝喾也开始犯愁了。他日思夜想，晚上都睡不着觉了。最后，他索性跑到天上，直接找到主管人间地脉的天神，跟他理论起来。

帝喾大声质问道：“既然上天生了人，为什么又要为难无辜的百姓，让他们生活不下去呢？”

天神自知理亏，只好跟着他来到人间，把辛这个地方抬高了很多，让它彻底远离了水面。从此以后，这个地方的人们再也不用担心水患了。辛从此也被称为高辛，帝喾呢，则被人称作高辛帝喾或帝喾高辛。

颛顼见帝喾施政有方，一心为民，深得百姓爱戴，非常欣慰。颛顼年迈之后，便把帝位让给了帝喾。

据说，帝喾先后娶了五个妻子，分别是邹屠氏之女、简狄、姜嫄（yuán）、庆都和常仪。这些妻子给他生了很多儿女，其中有不少颇具传奇色彩。

邹屠原本是一个地名。据说，当初黄帝打败蚩尤之后，就把坏人都流放到了北方极寒之地，把好人都集中到了邹屠，在此建立了一个国家，叫邹屠国。这个国家的人民都用国名做自己的姓氏，自称邹屠氏。邹屠国有个姑娘很有神通，她能够乘风驾云，在半空中遨游。她经常飘然而来，又飘然而去，在伊河和洛河之间游玩。帝喾爱上了这个姑娘，就娶她为妻。邹屠氏之女与帝喾结婚之后，经常梦到自己吃太阳，每梦见一次，就会生下一个儿子。她一共梦见了八次，生下了八个儿子。据说，这八个儿子能力非凡，后来都成了天神，分管农业生产的各个方面。

简狄是有娀（sōng）氏的女儿，据说，有一次简狄回娘家去，和妹妹在一座高台上吃饭，恰巧一只燕子飞过来，在她们面前上下翻飞，不停地鸣叫，引得姐妹俩拿着玉筐去捉。好不容易把燕子扣在了筐下，结果打开玉筐一看，里面只有两颗鸟蛋。鸟蛋五彩晶莹，十分惹人喜爱。简狄很是好奇，吃了一颗，结果就怀孕了，生下一个男孩，名字叫契。契长大之后，成了商民族的祖先。后来，民间就有了“一只鸟蛋，诞生了一个民族”的说法。《诗经》中“天命玄鸟，降而生商”，说的就是这个故事。

姜嫄是有邰（tái）氏的女儿，相传有一次外出游玩，在路上看到一个巨大的脚印。她从来没见过这么大的脚印，觉得很新奇，就踩到上面与自己的脚比较。这一踩不要紧，姜嫄感到内心一阵悸动，回去之后不久就怀孕了，而且生下了一个肉球。姜嫄很害怕，觉得这是个妖怪，准备扔掉。结果，无论她把这个肉球扔到哪里，都会有动物主动保护它。最后，姜嫄把它扔到冰面上，结果一只大鸟飞来把肉球抱在怀里。过了一阵子，大鸟飞走了，姜嫄听到冰面上传来婴儿的啼哭，过去一看，原来肉球破裂了，里面有一个婴儿。姜嫄欣喜异常，连忙把孩子抱回家精心抚养。因为她曾经抛弃过他，便给这个孩子取名为弃。弃从小就喜欢植物，长大后成了一个种植庄稼的能手，指导人们栽种五谷，还普及农业知识。因此，弃被人们尊称为农神后稷（jì），成为周族的祖先。

庆都是陈锋氏的女儿。据说，当年在太行山，有位神女不小心被一块石头绊倒，将一滴鲜血滴到了那块石头上，那块石头竟然孕育出一个婴儿。婴儿的啼哭声被采药的陈锋氏听到，陈锋氏便将孩子抱回了家，给她取名为庆都。庆都一天天长大，说来也奇怪，无论她走到哪里，头上始终有一朵黄云，因此大家都觉得她是一个奇女子。帝喾的母亲听说之后，便建议帝喾纳庆都为妃。庆都嫁给帝喾后，生下了千古贤帝尧。

帝喾还有一个妻子，名叫常仪。她是娵訾（jū zī）氏之女，也是一个既聪明又美丽的姑娘。她为帝喾生下了一男一女两个孩子，女儿叫帝女，儿子叫挚。挚在帝喾死后继任了帝位，九年之后，又将帝位禅让给了尧。

帝喾另外还有两个儿子，也有非常有意思的传奇故事。

据说他们都是简狄所生，一个叫阏（yān）伯，一个叫实沈。这兄弟俩从小就玩不到一块儿，谁看谁都不顺眼。长大之后，他们还是谁也不服谁，一见面就要打起来。帝喾没办法，只能把他们分开，离得远远的。

于是，帝喾把阏伯派往商地（今河南东部），让他主管商星；把实沈派去大夏（今山西南部），让他主管参星。这两颗星星，一个是早上出来，一个是晚上出来，时间刚好是颠倒的，这样的话，兄弟俩就谁也碰不到谁了。帝喾为了他们，也算是煞费苦心。

后来，诗圣杜甫写道“人生不相见，动如参与商”，说的就是这兄弟俩的故事。成语“动如参商”也由此诞生，用来比喻人们长期分离不得相见。

阏伯到了商地之后，还为那里的百姓做了不少好事。他看到那里的百姓不会保存火种，经常吃生食，老是生病，便从很远的地方帮他们引来火种，并把火种保存在一个土丘上，还在上面搭了遮雨的篷子。这样，下雨也不会把火种浇灭，洪水来了也不会把火种淹灭。

从此以后，这里的人们便处处可以生火，再也不用吃生冷的食物了。

百姓非常感激阏伯，都说他是天神下凡。阏伯死后，人们怀念他的功德，就安葬在他生前保存火种的土丘上。

每年都会有很多人前来悼念阏伯，在悼念的时候，每个人都会往他的坟上添一包黄土。时间长了，土丘越来越大。由于阏伯的分封地叫商，这座土丘便被叫作商丘。慢慢地，商丘就成了这个地方的名字，直到现在还存在呢。

尧的传说

在黄帝之后，华夏大地上先后出现了三个德才兼备的部落联盟首领，他们分别是尧、舜和禹。

尧的母亲叫庆都，是帝喾的妻子。这年春天，庆都乘船在河上游玩，忽然狂风大作，从天边飞来一团红云。红云飞速旋转着，在庆都所乘的小船上方形成了一股龙卷风。仔细一看，在这龙卷风里，竟然有一条赤红色的巨龙在飞舞！

庆都看得啧啧称奇，正不知如何是好的时候，那条赤龙突然掉转身子，向她扑了过来。庆都吓得大叫一声，闭上了眼睛。原以为自己这下肯定会粉身碎骨，没想到突然风平浪静了。她缓缓睁开眼——咦，刚才的赤龙不见了，风和日丽的，好像什么都没发生过。

庆都回去之后便怀孕了，十四个月后，生下一个男孩，这个孩子就是尧，后来被人称为尧帝。

尧最开始被帝喾封为唐侯。后来，由于他品德高尚、才能出众，哥哥挚就把帝位让给了他。尧继承了父兄的基业，开始统领天下，在一个叫陶的地方建立了首都，所以人们也称他为陶唐氏。

尧刚刚继承帝位的时候，洪水泛滥，野兽横行，天下灾祸不断，黎民百姓的生活非常艰苦。尧任贤用能，提拔了很多有才能的人，让他们去疏导洪水、排除险情、驱赶野兽，终于使百姓远离了洪水猛兽的威胁，过上了稳定安宁的日子。

百姓都很感激尧的功德，大臣们也对尧敬佩有加。为了表达对尧的敬意，同时也为了显示身为帝王的气魄，大臣们便提议为尧建造一座宫殿。按照大家的设想，这座宫殿要用黄金铺地，用白玉做台阶，用大理石做柱子，在宫殿的穹顶上还要镶嵌上白银制成的日月星辰。尧得知此事之后，对大臣们说："宫殿确实需要建造，但是要建造成什么样子，我自有主张。"

尧率领大臣们亲自动手，从山上采来粗糙的原木和茅草，盖了几间茅草屋，算是他的寝宫。然后，又盖了二十多间连通在一起的大茅屋，算是和大臣们每天商议国事的大殿。平时，尧和百姓一样吃粗米饭，喝野菜汤，穿用葛藤织成的粗布衣裳，天冷了，就披上一块鹿皮御寒。

大臣们看到尧的生活这么清贫，纷纷提议说：“您每天住茅屋，吃粗茶淡饭，穿粗布衣服，跟平民百姓一样，怎么能彰显您帝王的威仪呢？”

尧回答道：“现在百姓的生活还很艰苦，如果再建造豪华的宫殿，那就是劳民伤财，只会增加百姓的负担。如果一个帝王只会给人间带来苦难，那他还有什么威仪可言呢？”说完，便带上几个大臣，去全国各地体察民情去了。

尧一路经过许多地方，每到一处，都会仔细询问百姓的生活状况，帮他们解决了不少困难。

这一天，他看见一个山民倒在路边，正在不停地呻吟，连忙走过去，关切地问：“你怎么啦？”

山民无力地说：“我饿……”

尧便拿出自己的干粮，递给那个山民说：“快吃吧，是我使你挨饿的呀！”

山民感动得热泪盈眶，狼吞虎咽地吃了起来。尧转身对随行的大臣们说：“快从我的口粮中拨出一部分，分给那些挨饿的人。”

大臣们问：“您把粮食给百姓了，您怎么办呀？”

尧答道：“我可以吃稀一点，大不了多吃点野菜。”

大臣们一听，都对尧非常敬佩，纷纷效仿尧，从各自的口粮中拿出一部分，分给那些挨饿的人。

第二天，尧和大臣们来到一户人家的窑洞门口，想进去要点水喝。他们敲了敲门，里面传来一个姑娘的声音：“我们家没有人，你们千万别进来！”

大臣们说：“姑娘别害怕，是我们的首领来了，快开门吧。”

里面的姑娘更着急了，都快要哭了，连声说：“不行，不行……”

这时候，一位老人背着一捆柴从远处走来。他来到跟前，放下柴火，对尧深施一礼道：“对不住啦，窑洞里的姑娘是我女儿，她的年龄也不小了，连一件完整的衣服都没有，所以才不方便让你们进门……”

尧听到这些话，眼圈都红了，连忙打开包袱，取出自己的衣服，递给了老人。老人一看，连忙推脱道：“这怎么能行呀，我们怎么能要您的衣服呢？”

尧难过地说：“是我没有把天下治理好，才使得您的孩子连件衣服都没有，是我对不起你们啊！”

老人听完这话，感动得放声大哭起来，窑洞里的姑娘和外面的大臣们也都跟着哭了。

在回去的途中，尧和大臣们路过一个小镇，看到一个罪犯被五花大绑，正在大街上示众。

尧走过去，问押解罪犯的公差：“他这是犯了什么罪？”

公差回答：“偷粮食。”

尧又问罪犯："你为什么要偷粮食呢？"

罪犯回答道："我们那里遭受了旱灾，庄稼颗粒无收，我实在饿得太厉害了……"

尧听完罪犯的话，转身对公差说："你们把我也捆起来吧，是我使他犯罪的。"

公差和随行大臣一听，慌忙跪下。一个大臣说："他犯罪是因旱灾没有粮食吃，与您无关呀！"

尧认真地说："百姓无力抵抗灾害，这就是我的责任，没有吃的就偷盗，也是我没有教育好，怎么能说与我无关呢？"

于是，尧再次命令大臣们把他捆起来，站在罪犯的旁边。黎民百姓从四面八方涌来观看，感动得发出一片哭声。

就在这个时候，有十几个人从人群中走了出来，纷纷跪倒在尧的面前，声泪俱下地坦白和忏悔。原来，他们都犯过各种各样的罪行，今天受到尧的感化，都主动表示愿意接受处罚，重新做人。

无论文武群臣还是黎民百姓，哪怕是一些误入歧途的罪犯，都被尧的崇高的人格深深折服，百姓发自内心地爱戴他、拥护他。

尧体察民情回去之后，在茅屋大殿里召集群臣，对大家说："老百姓中间有人挨饿受冻，有人衣不遮体，有人走向犯罪，这些都是我的过错，我要下《罪己诏》，向百姓检讨。"

大臣们一下子炸开了锅，纷纷进言道：“百姓生活得不好，是由于天灾太多，跟您没什么关系呀！困难时期，百姓应该学会忍耐才对。”

尧说：“百姓生活得不好，不能把责任都推给天灾，我应该检讨自己。我不能埋怨人民不会忍受，应该想想我在治理国家时，有哪些地方做得不对、做得不够。”

几天之后，尧让人在宫廷大门的左侧设了一面鼓，称之为“敢谏之鼓”，想要给他提意见的人，只要击鼓就可以见到他。尧又叫人在宫廷大门的右侧竖了一根长木，称之为“诽谤之木”，百姓只要发现他有做错的地方，就可以站在这根长木旁边批评他。

尧发自内心地热爱他的百姓，处处为百姓着想，生活上简单朴素，遇到问题时又能首先查找自己的责任，百姓对他愈发爱戴和敬佩了。

据说，尧在人间的德行，也感动了上天。于是，在尧的身边，接二连三地出现了神奇的征兆。

比如，在人们的庭院里，长出了一种奇异的小草。这种草从每个月的第一天开始，每天长出一片叶子，一连十五天之后，又开始每天落一片叶子。这样到了每月的最后一天，叶子刚好落完。如果这个月是小月，那么最后的那片叶子就只是枯萎而不落下。人们观察这种草的生长规律，便能够清楚地知道今天是这个月的哪一天了。这种神奇的小草，便成了那时候的人们的日历。尧给它取名为历草。

还有一种叫箑（shà）莆的草更特别。它生长在碗橱里，叶子比较大，就像一把小扇子，还会自然摆动，徐徐生风，可以驱赶苍蝇和蚊虫，还能够使碗橱里的食物存放得更久。这种草也给人们的生活带来了很大的帮助。

历草和箑莆，都被人们看作是上天降下的祥瑞，只有在君王贤明、天下和谐的时候才会出现。

尧一直尽心尽力地治理着国家，天下的百姓也都渐渐地过上了丰衣足食的生活，尧也由此成为古代人们心目中最贤明的一位首领。

尧舜禅位

尧自从继承帝位之后，一直殚精竭虑地治理着国家，百姓安居乐业，神州大地出现了前所未有的繁荣景况。然而，随着时间的推移，有一件事越来越让尧感到困扰，那便是继承人的问题——他一直找不到合适的继承人。

原本，尧可以把首领的位置传给自己的儿子，但他的长子丹朱骄横暴虐，经常欺压百姓，根本成不了大器。有一次，洪水暴发，大地一片汪洋，百姓民不聊生，丹朱不但一点都不关心百姓的痛苦，还坐着船到处游玩享乐。等洪水退去之后，他还硬让人拉着船在泥地上走，美其名曰“陆地行舟”。拉船的人一个个累得汗流浃背，他居然觉得好玩极了，在船上哈哈大笑。

在家里，丹朱也经常招惹祸端，他的几个弟弟都不服他的管教，兄弟之间经常互相斗气闹矛盾，纷争不断。尧看在眼里，内心非常失望。他觉得丹朱不仅自己不成器，时间长了把几个弟弟都带坏了，便把他送去了南方。

长子丹朱难成大器，其他几个儿子都还小，也没办法承担治理国家的重担。身边的大臣呢？也没有一个合适的。眼看着日子一天天过去，尧心里越来越着急。最后，尧决定四处寻访贤人，哪怕走遍天下，也要找到一个合适的人选，然后把帝位禅让给他。

一开始，尧听说了一个叫许由的人，此人性情高洁、才能卓越，尧便派人去冀州寻访。但许由根本不想当什么首领，一口回绝了。尧不死心，亲自登门拜访，向许由说明自己的诚意。许由听罢，仍旧推辞说："我年纪大了，没什么大的志向，还是当个普通百姓吧。"

尧离开之后，许由担心再有人来打扰他，便连夜离开了家，搬到箕（jī）山的颍（yǐng）水旁，靠耕田种地生活。尧知道后，又派人前去询问："既然不想做首领，做个九州长怎么样？"许由听后非常烦恼，大概是觉得这些俗事沾染了自己的耳朵，竟跑到颍水边淘水洗耳。尧这下算是明白了许由的志向，从此再也没有打扰他。许由便一直隐居深山，他洗耳的那条河也被人们称为洗耳河。

后来，又有人向尧举荐了巢父，据说他也是个世外高人。尧一听，立即前去寻访。可惜这个巢父比许由还不客气，直接闭门不见。

再往后，尧又听说了一个叫蒲伊的能人，在吕梁石门山大讲治国之道。尧便动身前往吕梁，去讲道台拜访蒲伊。可是见了面才发现，这个蒲伊确实是治国之才，但岁数比尧还大。

一次次的寻访，一次次的失望而归，让尧很是忧虑。在拜访蒲伊之后回去的路上，尧和随从在鸣条岗下的一个村子投宿。这天晚上，他做了一个梦，梦中见到了一位胡须花白的仙人。这位仙人告诉尧："有一个叫舜的年轻人，不仅有才有德，还非常贤孝。"尧连忙问："舜在哪里？"仙人微微一笑，回答道："要访贤，到历山；欲除病，找舜井。"说完拂尘而去。从此以后，尧投宿的这个村子便被叫作尧梦村。

第二天，尧把自己的梦告诉了同行的大臣皋陶和伯益，他们也都觉得既然有仙人指引，这次一定不会错。尧当即决定改变行程，动身去历山寻找那个叫舜的年轻人。

听说历山在亘方，尧便带着一行人从石门赶到了亘方。沿途都是崎岖的山路，经常要在悬崖峭壁上爬行，非常辛苦。此时的尧已经七十多岁，尽管双腿无力，步履艰难，但是为了能够尽快寻访到贤人，他依然咬牙坚持，一刻也不愿停歇。

皋陶和伯益搀扶着尧，不知又翻过了几道梁，跨过了几条沟，终于从沿途的百姓那里获知了越来越多与舜有关的信息：有的说舜是一个大孝子，有的说舜能以礼治邦，有的说他在雷泽用直钩破网捕鱼，有的则说他在妫汭（guī ruì）凿井，还有的说他在河滨制陶教化陶工……

消息越来越多，尧也越来越激动，知道离舜已经不远了，他迫切地想要见到这个年轻人。由于接连多日的奔波劳累，尧突然感到腿脚乏力、头晕眼花，身体要支撑不住了。这可急坏了他身边的随从。

这时，皋陶突然想到了尧给他们讲的那个梦，梦中的那个仙人说过："欲除病，找舜井。"于是，他当即带领大家去舜井打水，端给尧喝。结果尧喝下这水之后，病情立刻得到了缓解。尧一连喝了三天之后，不仅身体痊愈了，连走路的步伐都比以前要轻盈许多，嗓音也洪亮了不少。尧大喜道："此水真乃神水也！"

此后，尧一行人一路顺畅，他们来到历山坪顶，看到一个奇怪的年轻人正在耕田。

这个年轻人赶着一头黄牛、一头黑牛，在这两头牛的屁股上，不知道为什么都绑着一个簸箕。还有，这个年轻人赶着牛在田里耕地，但不耕到头，前面还有一片空地没耕就折返回来。尧越看越觉得奇怪。

就在这时，一位头发花白的老者，挑着一担柴从对面的山上下来。那个年轻人看到之后，当即放下手中的活，上前接过老人的担子，一路帮他挑到了山下。

等老人来到尧面前的时候，尧拱手问道：“老人家，刚才那个小伙子是您的儿子吗？”

老人笑道：“不，他是我们这里的小首领，就住在这儿附近，我是他的百姓。”

尧又问：“他既然是首领，还愿意帮您担柴呀？”

老人答道：“他呀，就是这么一个人，只要见谁有困难，都会帮忙。虽然他是我们的首领，但他从不让别人替他干活。你看，他不是正在自己耕地吗？”

尧听完老人的话，点了点头，想道：“这个人应该就是我要找的舜了。”

于是，尧直接来到那个年轻人跟前，问他道：“小伙子，你叫什么名字？”

年轻人果然回答：“我叫舜。”

尧继续问他：“你为什么要在牛身上绑个簸箕呢？”

舜说：“牛为我们耕田，我舍不得用鞭子打它们。像这样打在簸箕上，不仅可以起到赶牛的作用，还不会伤到它们。”

尧又问：“我刚才看你耕地，为什么不耕到头就返回来呢？”

舜说：“那头有一户人家。”

尧便到那头去找，并没有发现什么人家。正觉得奇怪的时候，他发现草丛中有一窝雏鸟。尧这才恍然大悟，原来是舜不忍心惊动这些幼鸟，才耕到此处就折返回去。

通过亲眼见到的这些事情，尧发现舜确实是一位贤能之人。他对老人、耕牛、幼鸟都能如此有礼，如果让他继承帝位，将来一定能够赢得百姓的拥护和爱戴。

不久之后，尧便把自己的两个女儿娥皇、女英许配给了舜，然后继续观察舜的理家能力。后来，尧又把自己的几个小儿子交给舜，让舜管教他们。再后来，尧直接把舜请到了都城，让他协助自己治国理政。舜果然才智过人，无论国计民生还是防敌御侮，上至天文，下至地理，无不精通，大臣们都对他非常敬佩。

尧用了整整二十八年的时间，对舜进行考察和培育，直到觉得舜已经非常出色，完全可以胜任了，才把帝位传给舜。

尧任人唯贤，把帝位传给真正有才能的人，人们把这种方式称为禅让。

据说，当尧决定把帝位禅让给舜时，有人曾问他："为什么不把帝位传给长子丹朱，而一定要给舜呢？"

尧的回答是："我把天下交给舜，普天之下的百姓都会得到好处，得不到好处的只有丹朱一人。如果把天下交给丹朱，普天之下的百姓都得不到好处，得到好处的也就只有丹朱一人。我怎么可以为了爱子而误了天下呢？"

尧一直活到一百多岁，他去世的时候，百姓就像失去了父母那样哀伤。在他去世后的整整三年里，全国上下都听不到奏乐的声音。

尧坚持任人唯贤，开了禅让制的先河，历来被奉为大圣大贤的明君圣主，备受后人的尊崇。

舜的传说

传说在很久以前，有一个叫历山的地方，在历山的一条小河边，住着一个农夫，人们都叫他瞽(gǔ)叟。一天晚上，瞽叟做了个奇怪的梦，梦见一只凤凰朝他飞来，嘴里衔着米要喂他，还告诉他说："我是来给你做儿子的。"瞽叟很是惊讶，伸开双手想去抱住凤凰，凤凰却扑棱棱地飞走了。

瞽叟从书上看到，这种梦预示着子孙中将会出现一个身份尊贵的人。瞽叟高兴极了。

没过多久，瞽叟的妻子就生了个男孩，他就是舜。据说，舜出生的时候，手握石椎，胸怀神珠，显示着他的非同一般。他每只眼睛里都有两个瞳孔，所以他又叫重华。

舜出生之后不久，他的母亲便去世了，父亲瞽叟的眼睛也

失明了。“瞽叟”这个名字，其实是从这个时候开始被人们叫起来的，“瞽”就是眼睛失明的意思。

之后，瞽叟又娶了一个妻子。一年之后，舜的这位继母生了个儿子，取名为象；两年后，又生了个女儿，取名为阔首。自从继母有了自己的儿女，便把舜看作眼中钉、肉中刺，动不动就打骂他。瞽叟呢，由于凤凰托梦，原本还寄希望于舜能给自己带来幸运，然而舜出生后，非但没有带来幸运，反而使他接连遭受了诸多不幸，于是他也开始讨厌舜了。象出生后，瞽叟便把全部宠爱都给了小儿子，对舜越来越不关心。

舜九岁那年，弟弟象要把他当马骑，舜便趴在地上，让象骑在身上玩。舜爬得稍微慢了一点，象就不高兴了，跑到母亲那里告了一状。舜便遭到了继母的一顿毒打，浑身都是伤痕。

邻居看不下去了，便对瞽叟说：“你的妻子如此对待前妻的孩子，实在太狠毒了，你怎么也不管管呢？”

瞽叟一听，非但不去责备妻子，反而认为是舜把自己挨打的事情告诉了邻居，害自己在邻居面前出了丑，便又打了舜一顿，还质问他：“你还敢把自己挨打的事情告诉别人吗？”

舜流着泪说：“做儿子的，就应该上孝敬父母，下带好弟妹，是我没哄好弟弟，挨打是应该的。如果因为这个觉得委屈，还去跟外人说，那就是错上加错了！”

从此以后，舜便处处谨慎，事事小心，生怕再惹父母生气。

他的弟弟呢，变得更加粗野顽劣，对舜处处刁难欺侮。可怜的舜，实在忍受不了父母和弟弟的欺凌，他在家里待不下去了，只好离开家，一个人搬到历山脚下，搭了个茅草屋，在附近开荒种植，自食其力。

在历山下耕种的时候，舜常看到斑鸠带着幼鸟欢快地飞来飞去。大鸟衔了食物来喂小鸟，小鸟幸福地依偎在大鸟身旁，全家在一起其乐融融。每当这个时候，舜就更加思念自己的母亲，也挂念父亲和继母。于是，他常常唱一些自己编的歌谣，来排遣内心的郁闷和忧伤。

到了秋天，舜收获了一批瓜果，精心挑选了一些大的给父母送去。别人看到之后问道："他们都不要你了，你为什么还想着他们呢？"

舜说："做儿子的，无论任何时候都是父母的儿子，不管走到哪里，都不能忘记父母。"

从此以后，舜孝顺的美德便在当地流传开来。

除了孝顺，舜还非常勤劳善良、乐于助人，附近的农民和渔民都喜欢跟他在一起。他在历山耕种，农夫都愿意把自己家的田地匀给他种；他到雷泽捕鱼，渔夫便请他去家里住；他去陶城学习制陶，不仅一学就会，还制作得更加美观，很快便有人跟着他学习陶艺。

总而言之，凡是跟舜有过接触的人，都非常喜欢这个年轻人。人们喜欢舜，便都想靠近他居住。舜住的地方，原本很荒僻，但是慢慢地聚集了很多人。没过多久，这里就变成了一个村子，又过一段时间就变成了镇子，最后发展成了一座繁华的小城。

舜二十岁的时候，他贤德孝顺的美名就已经传得很远了。后来，当时的帝王尧年事渐高，要寻访天下贤明的人才接替自己的帝位，很多人都向他推荐了舜。尧便让自己的两个女儿娥皇、女英嫁给了舜，来考察他治家的能力；然后又让自己的几个儿子跟舜待在一起，来考察他在外做事的品行和才干。

娥皇和女英嫁过来之后，并没有因为自己的身份便骄纵跋扈，而是孝敬公婆、善待弟妹，非常贤惠。尧的几个儿子跟舜生活在一起之后，也都变得越来越忠诚敦厚了。尧对舜非常满意，便赏赐给他一张琴、一些布匹，还有不少粮食和牛羊。

舜和妻子带着尧赏赐的东西去探望父母，糊涂的父亲和狠心的继母非但不感动，反而更加仇视舜，甚至想害死他，这样他们就可以霸占舜的财产了。舜的弟弟象也同样狠毒，他也想害死哥哥，然后霸占舜的两个妻子。

几个坏人凑到一起偷偷合谋，很快便商量出了一个恶毒的计划。

这一天，象跑过来找舜，说："哥哥，家里的谷仓坏了，父亲说你的手艺好，想让你回去修一下。"舜一听，当即答应了下来。但他的两个妻子比较警惕，她们对舜说：“象今天有点古怪，你还是不要去了。”

舜说：“既然是爹让我去做事情，我又怎么能不去呢？”

娥皇、女英见劝不住他，便从箱子里取出一套色彩艳丽、绘着鸟形图案的衣服让舜换上，并告诉他说：“你换上这件衣服再去，如果遇到危险，它能够帮助你。”

舜换上妻子给的衣服，匆匆忙忙地走了。一到父亲家，舜便爬到谷仓顶上检查和维修，一点也没察觉到危险正在来临。当他正在上面忙活的时候，下面竟然燃起了熊熊大火。火越烧越猛，烈焰腾空，浓烟滚滚，很快就包围了舜。舜赶紧向梯子跑去，想顺着梯子爬下去，可是，哪里还有梯子的影子？梯子早被弟弟象搬走了。就在舜以为自己就要命丧火海的时候，他身上那件彩色的衣服突然收紧，将他团团包裹起来，上面彩绘的那只鸟仿佛融到了他的身体里，眨眼间，他变成了一只彩色的大鸟，翅膀一挥，一飞冲天，从火海里冲了出去。

一计不成，狠毒的父母和弟弟还不甘心，又想了一计。

这一次由父亲瞽叟亲自出马，他跑去找到舜，说：“上次的事情都怪你弟弟，象年纪还小，不懂事，你可别跟他一般见识。今天爹过来，是有件事想麻烦你。咱们家的那口老井早就该掏一掏了，现在水都不能喝了。你也知道，你爹我的眼睛看不见，你弟弟呢又不能干活，这事还得麻烦你呀！”

“爹，请放心，我明天一定去。”舜完全没有计较之前的事情，一口答应了。

瞽叟离开之后，娥皇和女英又赶紧劝舜：“你忘记前两天的教训了吗？你还是不要去了。”

舜说：“这次是爹亲自来找我帮忙，我又怎么能不去呢？”

娥皇、女英很是无奈，只好又想了个保护他的办法。第二天，她们又给舜一件衣服，这件衣服上画的是龙形图案，让舜穿在旧衣服里，如果遇到了危险，只要脱掉旧衣服，就可以保命。

舜来到父亲那里，让象用绳子拴住自己的腰，开始往井里下降。谁承想，他刚刚下到一半，绳子就被从上面割断了，舜一下子跌到了井底。还没等他回过神，从井口处便落下了一块块大石头。舜想起妻子交代自己的话，赶紧脱去外面的旧衣服。转眼间，他变成了一条披着银甲的蛟龙，钻进井底的泉眼，从另外一口井里飞了出来。

他的父母和弟弟一直用石头和泥土把井填满才罢休。他们觉得这下舜必死无疑了，开始兴高采烈地讨论如何瓜分舜的财产。

他们一起来到舜的家中，谎称舜突发意外死了，要接管舜的家产。象还无耻地声称，舜的牛羊、田地、财产他都不要，只想霸占舜的两个妻子。

瞽叟和舜的继母呢，则忙不迭地搜罗舜的家产，恨不得全都搬到自己家里去。小妹妹阈首实在看不下去了，大声说："善有善报，恶有恶报，你们这么做，就不怕遭报应吗？"

就在这时，门外突然传来一个声音："是谁要遭报应呀？"话音未落，那个人便走了进来。大家一看，进来的不是别人，正是舜。继母和象不敢相信自己的眼睛，吓得大惊失色，赶紧灰溜溜地走了。

一计不成，二计失败，舜的父母和弟弟居然还不死心，还琢磨着要置舜于死地。于是，他们又想了个诡计，想借请舜吃饭赔罪的名义，在酒菜里下毒，把舜毒死。他们死皮赖脸地前来向舜发出邀请之后，娥皇和女英便对舜说："肯定是酒无好酒、肉无好肉，不知道他们又怀着什么坏心眼呢！"

舜天性笃厚，虽然之前经历了两次事故，但他还是愿意继续善待父母和弟弟，于是答应前去赴宴。

舜的妹妹阈首得知父母和哥哥的计划后，赶紧悄悄跑过来，告诉了两位嫂子。娥皇和女英其实早就料到了，她们微笑着对阈首说："好妹妹，谢谢你，你赶快回去吧，我们自有办法。"

然后，她们给了舜一种仙药，让他在赴宴之前吃下去。这样一来，无论什么样的毒酒毒菜下肚，他都会安然无恙。

就这样，舜安然度过了三次灾难。虽然明明知道是父母和弟弟多次加害自己，但是舜仍一次次不计前嫌，像往常一样孝顺父母、爱护弟妹。尧知道之后，非常感动，就让他来自己身边，在朝廷做官，以进一步考察他的为人和才干。

尧先让舜做掌管天下土地和人民的司徒，舜以美好的道德教育人们，使得人民上下和睦；尧又让他做总管天下百事工役的司空，舜把各种事项都办得井井有条；尧后来又派他出使四方各个兄弟部落，舜跟这些兄弟部落都相处得非常融洽，大家的关系犹如亲人一般。

看到舜如此能干，尧非常欣慰。但是，做首领毕竟是要执掌整个部落的，此事非同小可，所以在把首领的位置让给舜之前，尧决定还要对他进行一次更严格的考验。

尧安排舜单独去一片大山林中巡视，那里的树木遮天蔽日，白天看上去都阴森恐怖，一般人根本不敢踏进去半步。结果，舜不但从容地走了进去，而且即使那里刮起飞沙走石的狂风、响起震耳欲聋的惊雷，或下起铺天盖地的暴雨，他都没有迷失方向。他在大山林中穿行，没有丝毫畏惧，虎豹豺狼都躲避着他，毒虫大蛇都不敢侵犯他。最后，舜经受住种种考验，顺利走出了山林。

经过长达二十八年的考察和培养，尧确信舜已经非常出色，足够胜任天子之位了，便将首领的位置正式禅让给了舜。

舜即位之后，立刻带领随从返回家乡，探望父母。舜虽然已经贵为天子，但是对待父母依然恭敬孝顺，每天三次拜见瞽叟，严格做儿子该做的事情。瞽叟看到舜做了首领，终于明白他就是自己当年在梦中见到的凤凰。自己做了那么多恶事，舜依然能够不计前嫌，这让瞽叟既羞愧又感动。

舜还把弟弟象封为有鼻国的诸侯。象受封之后，大受感动，也改掉了过去的恶习，变成了一个好人。

在治国理政上，舜果然没有辜负尧的期望。他知人善任，一心为民，政绩卓著。在做国君的几十年间，他跟尧一样贤明，做了很多有利于人民的事情。

舜年老的时候，觉得自己的儿子商均缺乏治理天下的才能，便跟当初的尧一样，决定任人唯贤，把威望最高的禹定为了继任者，最终让禹继承了帝位。因此，舜和尧一样，都是禅位让贤的圣王。

舜晚年到各地巡游，当他到达南方苍梧之野的时候，一病不起，死在了途中。

娥皇、女英听到噩耗，悲痛欲绝，立即动身前往南方。一路上，她们肝肠寸断，泪如泉涌，泪水洒落在南方翠绿的竹子上，形成了大大小小的斑点。这种竹子就是现在的斑竹，也被人们称为湘妃竹。娥皇和女英经过湘江时，忍受不住内心的悲痛，双双投江而死。后来，她们的精魂化为了湘江的神灵，后人称她们为湘君或湘夫人。

百姓把舜安葬在九嶷（yí）山。据说九嶷山上有很多怪兽，专门保护舜帝的陵墓。此后的每一年，都会有许多百姓自发地前来祭拜，感念舜帝的德政和贤明。直到现在，在湖南宁远县的舜帝陵和山西洪洞县的舜帝庙，每年都还会举行祭祀活动。

鲧窃息壤

据传说，尧在位时，人间有很长一段时间总是遭受洪水的摧残。

有的人直接被洪水卷走了，有的人钻到山洞里避难，有的人就近爬到树上像鸟一样生活……但这样哪是长久之计呢？洪水久久不退，田里的庄稼全被淹死了，仓里的粮食也被泡坏了。不仅如此，洪水一泛滥，山里的野兽也都跑了出来，开始跟人类争夺栖身之地。每天被饿死、冻死以及被猛兽害死的人，可谓不计其数。

这滔天的洪水是怎么来的呢？据说是天帝觉得人类作恶太多，为了惩罚世人，才降下洪水，让世间变成了一片汪洋。

可是，不管人类到底有没有作恶，遭受着洪水侵袭的他们，实在是太可怜了。更何况大部分人都是安分守己的，为了少数人的罪恶，让所有人都遭受磨难，这也太不公平了。人们在洪水中苦苦哀求，祈求天帝将洪水收回。可是天帝丝毫不为所动，任凭千千万万的百姓在洪水中挣扎。

天上神仙众多，可是真心哀怜百姓疾苦的只有一个——鲧（gǔn）。他看到人们在洪水的摧残下生活得那么悲惨，心里难过极了，下定决心要把人们解救出来，让他们重新过上幸福安稳的日子。于是，鲧去面见天帝，恳求他放过天下的百姓。

说起来，鲧是天帝的孙子，但想见天帝一面也不是那么容易的。他每次去求见，都被门口守卫的天神拦住，就算是传报进去，天帝也说自己没工夫，不愿意见他。

眼看着人间的情况一天比一天糟，鲧实在等不下去了。他不顾一切地闯进天帝的宫殿，说有要紧事一定要面见天帝。守卫的天神拦不住他，只好任他闯了进去。

天帝见鲧鲁莽地闯了进来，很不高兴，冷冷地问道："看你莽莽撞撞的像什么样子，到底有什么要紧事？"

鲧连忙跪下，恳求道："祖父，人间洪水泛滥，百姓的生活惨不忍睹，我恳求您下令将洪水制服吧！"

天帝生气地说："天降洪水，是因为百姓作恶太多，这是他们应受的惩罚。"

鲧连忙解释道："祖父，人间是有一些坏人作恶，可大部分的人还是很善良的呀，勤劳又本分，并没有做什么错事！”

天帝一听，鲧居然替人类说好话，全然没把自己的权威放在眼里，顿时有点恼火。不过，他也知道自己的这个孙子是个直性子，天帝不想跟他多费口舌，便随口说道：“你说的情况我知道了，我会核查处理的，你退下吧。”

鲧还想再多说几句，但见天帝已经闭上了眼睛，不愿意再多听，无奈之下，他只得默默退了出来，期盼着天帝能够真的去核实处理，救一救天下百姓。

可是，天帝根本没有把对鲧说的话放在心上，反而觉得鲧的想法有些不可理喻。天帝始终觉得，人类受到这样的惩罚是应得的。

于是，人间的洪水继续泛滥，先是漫过了大片的田野、村庄，后来连挺拔的大树也被淹没了，紧接着是那些丘陵和群山。人们只得往高的地方逃去，生存的空间越来越小，到处都是哭喊和哀号。整个大地都要被洪水吞没了，人类已经到了生死存亡的关头，鲧的内心就像是被烈火炙烤着一样煎熬。

看来靠天帝阻止灾难是没希望了，鲧决定自己想办法平息洪水。可是，洪水已经快要淹没整个人间了，用什么办法才能让洪水平息呢？以他目前的神力，是根本无法办到的。

正在鲧无比忧愁和烦闷的时候，一只猫头鹰和一只乌龟互相拉扯着走了过来。它们问鲧为什么闷闷不乐，鲧就把自己内心的愁闷告诉了它们。

“想要平息洪水，也不是什么难事。”猫头鹰和乌龟齐声说。

“真的？你们有什么办法？”鲧连忙问道。

“你知道天庭中有一种叫息壤的宝物吗？”

“好像听说过，不过不太清楚是做什么用的。”

“息壤可是个好东西呀！顾名思义，息壤就是可以生生不息的土壤，只需要弄一点点投到大地上，它就能不断生长，积成山，堆成堤，自然就能挡住洪水了。”

“啊，这可真是个好东西！你们知道这宝物藏在哪里吗？”鲧急迫地问道。

“息壤可是天帝手中的至宝，我们怎么知道它藏在哪里！难道你还想把它偷出来不成？”

“没错，我正有此意！”鲧回答道。

“你的胆子可真不小，你就不怕你祖父的严酷刑罚吗？”猫头鹰和乌龟吃惊地问。

“为了救天下的百姓，我顾不了那么多了！”鲧坚定地说。

话虽如此，可息壤究竟藏在哪里，鲧还是没有一点头绪。经过上次的硬闯，他现在想要进到天帝的宫殿更难了。正在一筹莫展的时候，一只鸱（chī）鸟从他的窗前飞过，鲧眼前一亮，连忙叫住了它。

“鸱鸟，鸱鸟，请留步！人间的百姓正在遭受磨难，想必

你也看到了吧？”

“是呀，我看到了。”鸱鸟在鲧的窗前停下，“我也很着急，可是又有什么办法呢？”

鲧便把息壤的事情告诉了鸱鸟，然后请求它去天帝的宫殿，打探一下息壤究竟藏在什么地方。鸱鸟答应了。

天黑之后，天帝宫殿的一道道大门都被关上了。这可拦不住灵巧的鸱鸟，它不仅有矫健的双翅，还有敏锐的夜眼，可以看清黑暗中的一切。鸱鸟飞进天宫，很快找到了天庭的后殿，那里就是天帝藏宝贝的地方。

鸱鸟从窗户钻了进去，在后殿里仔细寻找。只见一排排白玉做成的柜子，整整齐齐地摆在那里，上面摆满了各种宝贝，旁边还用金色的字标注着宝贝的名字，像什么不死药啦、长生锁啦、千岁杖啦，琳琅满目，令人眼花缭乱。

鸱鸟找来找去，终于在一个玉柜的边框上，看到了两个金光闪闪的字——息壤。鸱鸟高兴极了，连忙打开柜子，想要把息壤直接带走。可是别看这息壤块头不大，却非常重，鸱鸟根本衔不动它。

无奈之下，鸱鸟只好原路返回，把自己的发现告诉鲧，让他再想办法。

可是鲧也没有什么好办法，天宫的每个地方都有天神把守，他是不可能再硬闯进去了，更何况天庭的后殿可是除了天帝之外任何人都不能进入的禁地。

心急如焚的鲧围着天宫转来转去，一直想不出什么好办法。就在他望着天宫外的御河发呆时，突然想到了一个主意：在御河里，住着一只大神龟，不光擅长隐蔽，力气也大得很，如果请它帮忙，一定能够成功！

于是，鲧赶紧沿着御河寻找起来，很快就找到了正在河边散步的大神龟。鲧把自己的想法全都告诉了神龟，并请求它能够和自己一起，为天下的百姓做一点事情。

神龟听完鲧的话，被他的真诚和善良打动了，决定帮他去偷息壤。

当天晚上，由鸱鸟带路，神龟来到天庭的后殿，顺利偷出息壤，交到了鲧的手中。

鲧一刻也不敢耽搁，连忙带着息壤来到人间。这息壤果然非常神奇，只需取上一点，投到水里，说一声“长”，便立刻几里、几十里、几百里地伸展开来。陆地一点点地显露出来，逃到山上的人们欢呼雀跃，大家兴高采烈地回到平地，修建房屋，耕种田地，建设家园。

然而，就在洪水马上就要平息的时候，天帝得知了息壤被窃的事情。他大发雷霆，无法接受天庭竟然出现这样的叛逆子孙，当即派火神祝融去往人间治鲧的死罪，并把息壤夺回。

此时的鲧正在一个叫羽山的地方，努力平息着洪水。

祝融怒气冲冲地赶来，对着鲧大喝道：“你竟敢盗取息壤，触犯天规，天帝已治你死罪！”

鲧看了祝融一眼，义正词严地说：“洪水泛滥，百姓流离失所，家破人亡，苦不堪言，我们做神仙的怎能见死不救？”

祝融根本不听鲧的辩解，一心只想回天庭向天帝复命。他举起宝剑，将鲧一剑刺死，然后夺回了鲧手中剩下的息壤，扬长而去。

可怜的鲧，为拯救天下苍生，最后献出了自己的生命。

鲧并不怕死，自从盗取息壤，他就已经预料到了这一天。唯一令他遗憾的是，留给他的时间还是太短，还没有来得及彻底平息洪水，就被祝融杀死了。

当祝融带着剩下的息壤离开人间，洪水又一次冲了过来，人们刚刚修复的家园再次被摧毁，大地上又一次哀鸿遍野。人们痛惜鲧的牺牲，更哀鸣着自己的不幸。

鲧的肉体虽然被祝融杀了，可他的精魂并没有死。

羽山是北极之阴，终年极寒，他的尸体在此放了整整三年都没有腐烂。

一天，随着一声巨响，鲧的肚子裂开了，从里面钻出了一个小生命，他就是鲧的儿子——禹。禹从鲧的身体里钻出来之后，鲧的尸体便化成一条黄龙，跳进了羽山旁边的深渊，从此不见踪迹。人们都说，那条黄龙就是鲧的精魂，他一直默默地关注着人间，关注着禹——他要亲眼看自己的儿子解决人间的灾难。

禹呢，果然和他的父亲一样，有着一颗博大而善良的心。他长大之后，继承了父亲的遗志，继续与洪水斗争，拯救天下的百姓。

大禹治水

传说，大禹是从他父亲鲧的尸骨中孕育而出的，从降临人间的那一刻起，大禹就立下誓言，一定要实现父亲的遗愿，彻底平息祸害人间的洪水。

大禹走遍了神州大地，考察地形，研究水文，寻找解决水患的办法。他不再像他父亲当初那样只是堵塞洪水，而是多用引导疏通的办法，把洪水排到大海里去，这样陆地上的积水便越来越少了。

但这可不是一件简单的事。大禹每天都带领着人们挖渠开山，疏通河道，还请来为父亲盗取息壤的神龟。它力气大，可以帮忙运送土石。后来，大禹又请来了神力巨大的应龙，让它帮忙划出水道。应龙的尾巴非常坚硬，在地上一划，便能划出一道深沟，洪水便可以顺着深沟排走了。

出于对民间疾苦的同情和对大禹父亲的敬重，各方神仙都愿意帮大禹，百姓也都拼尽全力支持他，治理洪水虽然艰难，但也进展得很顺利。很多地方的洪水都慢慢退去，大片大片的陆地重新回到了阳光之下。

眼看着洪水快要平息了，人们非常欣喜，天上的神仙也很欣慰。然而，有一个人却很不高兴，他便是水神共工。要知道，洪水滔天的时候，正是他大显神通的好时机，现在倒好，洪水都快被大禹平息了，他就没办法再大显威风了。于是，他非常恼火和痛恨大禹，千方百计地想要阻止大禹治水。

大禹刚刚把洼地填平，共工就使河水泛滥，将填好的平地变成一片汪洋。大禹刚刚疏通完河道，让洪水能够向前流淌，共工便掀起巨浪，将河堤冲毁，把河道冲坏，使洪水又一次泛滥成灾。最后，共工索性大发神威，一下子掀起滔天巨浪。洪水连天接地，从西方漫到空桑——也就是现在的山东曲阜附近。原本洪水已经退去大半的神州大地，又变成了一片水国。

看来，要想彻底治理好洪水，必须先制服共工，除掉这个祸害——大禹深刻地认识到了这一点。于是，他召集天下神灵，在会稽山共商对付共工的办法。由于共工早就犯了众怒，众神一呼百应，都愿意帮助大禹。众神经过商讨，决定来一场群神大战共工，战场就设在会稽山下。

开战这一天，群神个个全副武装。百姓举着旗子，敲着锣鼓在一边助战。大禹神情严肃，威风凛凛地站在最前列。共工一见这阵势，还没有上场，心里就害怕了，脚也有点软了。交战没有几个回合，共工便败下阵来，仓皇潜水逃走了。从此，他再也不敢来给大禹捣乱了。

大禹制服水神共工之后，又开始了治理洪水的工作。随着治理工作的深入，治水的难度也越来越大。在治水的过程中，大禹不仅要跟险峻的地形、恶劣的气候做斗争，还要时常提防盘踞在水里的精怪和野兽的攻击。

有一次，大禹为了治水，来到桐柏山考察。原本阳光灿烂、碧空如洗的天气，在大禹抵达之后，突然乌云密布，狂风呼啸，电闪雷鸣，大雨倾盆而下。紧接着，山石号叫，树木怒吼，似乎有一股看不见的力量正在肆虐，让大禹无法继续治水。

大禹知道，这一定是妖怪在作祟，于是就对着狂风暴雨大声告诫，让作乱的妖怪不要阻挠治水。可对方像是完全没有听到大禹的话，继续兴风作浪。宽宏大量的大禹没有在意，先去别的地方忙了。

没过多久，大禹再次来到桐柏山。那妖怪像上次一样，立刻用狂风暴雨来阻止大禹治水。大禹还是像上次那样告诫它一番后便离开了。

当大禹第三次来到桐柏山时，那妖怪更加猖狂了，掀起漫天的飞沙走石，直奔大禹而来。这下真的把大禹激怒了，他召集当地的神灵前来商讨，要严惩这个狂妄之徒。谁知当地的神灵们一听到是这个妖怪，个个面露惧色，看来这个妖怪有些来头，连附近的神灵都怕它。

经过一番询问，大禹得知那妖怪果然非同一般。它是淮涡水怪，名字叫巫支祁，传说是天生神猴，脖子特别长，伸出来能有一百多尺。它不仅力大无比，还身手敏捷，来去无踪，对周围河流的宽窄深浅、地势的高低起伏都非常熟悉。一般人连它的影子都看不到，更不要说制服它了。

大禹知道，如果不战胜这个巫支祁，就没办法在这里治水。于是，一场恶战便在桐柏山下展开了。

大禹先是派了童律、乌木由出战，结果都不是巫支祁的对手，均失败而归。最后，大禹请来了一位叫庚辰的天神，终于把那只神猴擒获。庚辰用一把大戟将巫支祁砍伤，用大铁索锁住它的颈脖，再在它的鼻孔上穿上金铃，最后压在龟山脚下。

制服了巫支祁，大禹的治水工作才得以顺利进行下去。经过一段时间的治理，淮水终于能够通畅地东流入海了。

在治水的攻坚阶段，大禹率领浩浩荡荡的治水大军，来到了黄河边。当时，黄河是水灾最严重的地方，也是治理难度最大的地方。大禹带领众人，亲自到黄河边勘察地形，制定治理方案。

一天，当大禹在黄河岸上像往常一样观察水情的时候，忽然从水中传来轰然一声巨响。一个人从旋涡中跃出，面孔白净，留着长长的胡须，下半身却是鱼的身子。他来到大禹面前，深施一礼，自称是黄河之神河伯，前来献上河图，帮助大禹治水。说着，他双手捧着一块青石，献给大禹。

大禹接过青石一看，上面弯弯曲曲的，全是密集的纹路。别人可能看不懂，但大禹一看便知，这上面标注的是中原地区大小河流的流向，还有水势的相关情况。比如，黄河哪里深，哪里浅，哪里经常冲堤，哪里容易决口，哪里该挖，哪里该填，哪里能断水，哪里能排洪，都标注得一清二楚。这可是一件宝贝呀！

大禹非常高兴，连忙去向河伯致谢。谁知河伯早已翻身跳入河中，消失不见了。

河伯献图的消息很快传开，百姓欢欣鼓舞，大家治水的劲头更足了。自从有了河图的帮助，大禹治水的工作顺利了许多，速度也加快了不少。

这一天，他们来到了龙门。

龙门是一座大山，横亘在黄河中间，挡住了奔流直下的河水。黄河水流到这里，被截住了去路，向四周漫溢。时间长了，尤其是在水量增大的时候，黄河免不了会泛滥成灾，当地的百姓苦不堪言。因此，只有凿通龙门，才能使黄河水畅通无阻地

向下游流去。

大禹不畏艰难，不怕险阻，带领人们一点一点地开凿龙门。夏天，骄阳似火，热浪袭人，山石滚烫，大家依然咬牙坚持；冬天，寒风刺骨，滴水成冰，人们手脚冻裂，还是继续咬牙坚持。大禹被晒黑了、冻伤了、累瘦了，但他毫不在乎，继续跟大家一起，凿下龙门上的一块块石头。

就这样，用了整整五年的时间，他们终于凿开了龙门。黄河水呼啸而过，像一条巨龙一般，直奔大海而去。

新凿开的龙门，从此也变成了一个神奇的地方。

每年春天，黄河里的鲤鱼都会游到这里聚会，争先恐后地向上游跳跃。据说，能够跳过龙门的鲤鱼会化身成龙，飞天而去；跳不过去的呢，通常会被撞得头破血流。尽管如此，每年还是会有无数的鲤鱼来到这里，想要挑战一下神奇的龙门。

大禹呢，凿通龙门之后，继续带领人们向下一个地方进发，继续治理天下的水患。从南到北，由西至东，他风餐露宿，跋山涉水，几乎走遍神州大地的每个角落。经过整整十三年的苦战，他终于彻底平息了洪水，完成了父亲未完成的治水大业。由于长年累月地在外忙碌，大禹曾经三过家门而不入，被后人传为美谈。

洪水消失了，水患消除了，百姓欢呼雀跃。这欢呼声响天彻地，直冲云霄，竟然惊动了天庭。天帝往人间一看，吃了一惊，他没想到人类竟然有这样强大而执着的力量，居然战胜了滔天的洪水，他不禁开始后悔自己给人间降下的灾难。

重回幸福安定生活的人们，非常感激大禹的无私付出，一致推举他为治理天下的首领。

鲤鱼跳龙门

传说大禹在治水的时候，为了疏通河道，用了整整五年的时间，凿通了横亘在黄河中间的大山——龙门。从此以后，黄河的水得以一泻千里，如同一条巨龙从龙门飞过，向着下游奔流而去。

在黄河下游一个叫孟津的地方，生活着一群鲤鱼，它们在黄河里追逐嬉闹、繁衍生息，生活无忧无虑。

有一天，一只鲤鱼不知从哪里听说，在黄河的上游，有一个叫龙门的地方，那里风景非常壮观，让人终生难忘。此事你传我，我传你，最后，所有的鲤鱼都知道了龙门这个地方。大家都对那里非常向往，希望能够去那里看一看。

可是，龙门究竟在哪里，到底有多远，谁也说不清。大家每天念叨着龙门，向往那里的风光，却迟迟没有行动。

“既然想去龙门看看，那就一起出发吧！”一条大红鲤鱼看到大家犹豫不决，自告奋勇地站出来，要带领大家一起前往龙门。

既然有人带队，大家便抛下顾虑，跟着大红鲤鱼一起向上游进发。

可是，龙门究竟在哪里呢？黄河那么长，水又急又浑，它们经常因此分辨不清方向。不过，大红鲤鱼一直不断地给大家鼓劲，让大家坚持到底。在大红鲤鱼的鼓励下，它们离龙门越来越近了。

越接近龙门，地势越陡，水流越急，向前游动变得越来越困难。有好几条鲤鱼坚持不住，打起了退堂鼓，都被大红鲤鱼拦了下来。

大红鲤鱼劝大家说：“我们已经赶了这么远的路，好不容易要到龙门了，你们可不能就这样放弃呀！如果现在折返回去，之前的努力不就全都白费了吗？”

经过大红鲤鱼的劝阻，鲤鱼们重整队伍，继续向前。终于，它们来到了龙门的脚下。

天哪，龙门真的好高啊！

尽管已经被大禹凿开，但龙门依然有着巍峨的高度，滔滔黄河经过龙门奔流而下，如同一道壮观的瀑布，令人叹为观止。

“这下好了，谁能想到龙门会像山一样高，我们还怎么过去呀！”一条鲤鱼抱怨道。

“就是啊，我们好不容易来到龙门脚下，结果什么也没看到，就这样回去太不值得了！”另一条鲤鱼不甘地说。

“谁说我们要回去了？我非要去龙门上面看看不可！”

大家回过头，一齐看向说话的人——正是一路带领大家过来的大红鲤鱼。

“龙门这么高，你怎么上去呀？”大家问。

“我要跳到龙门上去！”大红鲤鱼说。

“什么？跳上去？！”大家有点不敢相信自己的耳朵。

“对，跳上去！”大红鲤鱼说，“我先来试一试，你们跟着我跳，怎么样？”

不等大家回答，大红鲤鱼便向龙门冲去。只见大红鲤鱼使出浑身的力气，纵身一跃，跳得很高，身下的鲤鱼们都发出一声惊呼。

然而，尽管大红鲤鱼已经跳得很高了，但离龙门的顶端还是有很大一段距离。大红鲤鱼在空中划出一道高高的弧线，最后还是掉到了龙门下的水里。

砰的一声，巨大的撞击声袭来，听上去应该非常疼。可是，大红鲤鱼完全不在意。后退一段距离之后，它继续向着龙门飞

龍門

奔、跃起，比刚才跳得更高，但还是失败了。

大红鲤鱼忍着跌落的疼痛，继续后退，从更远的距离冲刺，再次跃起……

就这样，不知道尝试了多少次，当大家都不忍心再继续看下去的时候，奇迹发生了——

大红鲤鱼用尽全身力气再次跃起的时候，一团云彩跟随着它腾空而起，包裹着它向天上飞去。就在大红鲤鱼越飞越高的时候，一团天火袭来，点燃了它的尾巴。

大红鲤鱼忍着剧痛，继续向龙门顶端冲去。最后，大红鲤鱼带着一道红色的光芒，飞越了龙门，消失在鲤鱼们的视线中。

龙门下的鲤鱼们看到这个情景，一个个目瞪口呆，不知道发生了什么。它们大声呼喊着大红鲤鱼，希望能得到它的回应。

就在这时，天上风云涌动，一条巨龙穿过翻滚的云层从天而降，来到鲤鱼们的面前。

“不要怕。”巨龙对鲤鱼们说，“我就是你们的伙伴大红鲤鱼呀！你们看，由于我跳过了龙门，我就变成了龙。你们也勇敢地跳过去吧！”

听到大红鲤鱼的话，鲤鱼们又高兴又激动，一个个充满了斗志，下定决心也要跳过龙门。

龙门脚下顿时热闹起来，只见一条又一条鲤鱼高高地跃起，像离弦的箭一样，朝着龙门努力冲刺，场面壮观极了。

不过，除了极个别的鲤鱼最终跳过龙门，化成了龙，绝大多数鲤鱼都没有跳过去。

那些没跳过去的鲤鱼，从空中摔下来时，额头上都留下了一个黑疤。直到今天，这道黑疤还长在黄河鲤鱼的额头上呢。据说，那是它们跳龙门的印记。

后来，唐朝大诗人李白听说了鲤鱼跳龙门的故事，还专门为此写了一首诗：“黄河三尺鲤，本在孟津居。点额不成龙，归来伴凡鱼。”